Une feuille de papier froissée

Hélène Henry

Une feuille de papier froissée

Récit

© 2021 Hélène Henry

Édition : BoD – Books on Demand,
12/14 rond-point des Champs-Élysées, 75008 Paris
Impression : BoD - Books on Demand,
Norderstedt, Allemagne

ISBN : 978-2-3223-7658-2

Dépôt légal : Juillet 2021

La page blanche

Page 11

Au pays de la feuille d'érable

page 37

Au verso du papier glacé

page 75

Carnets de voyages

page 93

A l'ombre des papyrus

page 125

Un cahier tout neuf

page 141

Préambule

"On ne choisit pas ses parents", chante Maxime Le Forestier. Et si je lui donne raison, je pense aussi qu'on ne choisit pas qui on est. Je ne saurais même affirmer qu'on choisit qui on devient.

L'identité est selon le Petit Larousse le "caractère permanent et fondamental de la personne". Permanent et fondamental, deux mots forts. L'identité serait donc notre fondation, un « nous » aussi solide et immuable que la couleur des yeux, la couleur de peau, le sexe.

Je suis ma propre identité. Et ce caractère permanent induit l'idée de durée. On change son caractère, des traits de personnalité, mais pas son identité.

Je suis une jeune femme blanche d'origine caucasienne, grande, blonde, aux yeux verts ; j'ai 33 ans. Voilà à quoi je ressemble physiquement. Mais je ne veux pas occulter mon intellect, partie intégrante de mon identité. Issue d'une famille simple et aimante, je suis construite sur des valeurs de travail, de respect, d'entraide et d'indépendance. Mes parents m'ont transmis l'esprit de famille et donné beaucoup d'amour.

L'amour, voilà le vif du sujet. J'ai vécu une enfance baignée de l'amour de mes parents et de mon entourage. Les câlins, les attentions, la volonté de me combler, d'accompagner mon accomplissement, l'ouverture d'esprit, l'altruisme ont fait de moi un être plein de vie et avide de bonheur.

Toutes ces choses sont inscrites en moi, depuis ma venue au monde. En théorie, rien de tout cela ne saurait se discuter. Pourtant, cette question me revient toujours : *qui je suis ? Quelle personne souhaiterais-je devenir ?*

Si ces interrogations habitent nombre d'individus, je sais que certaines personnes avancent dans la vie sans jamais trop y réfléchir ; elles ne semblent pas se demander qui elles sont réellement, profondément, ni connaître la terrible sensation de se perdre soi-même.

Plus sûrement encore que de savoir qui je suis, je m'inquiète de savoir pourquoi je suis telle que je suis. Interpréter mes réactions spontanées, analyser mes comportements, me remettre en question, chercher à me comprendre, à me définir, identifier ce qui relève de mes actes et ce qui relève de mon « moi » profond, je passe la plus grande partie de mon temps à songer, analyser, réfléchir, tenter de comprendre tout ce que je vis et ressens. Cette recherche permanente peut sembler vaine, mais je suis cette personne pleine de questions.

Par ce livre, je souhaite apporter quelques réponses. Je crois qu'à travers mon histoire, je peux approcher cette vérité qui me hante et se cache à mes yeux.

Ecrire m'a permis d'apprendre sur moi-même ; lire vous permettra de mieux me connaître et de toujours m'aimer. Ecrire m'a aidée à commencer à comprendre quel est mon chemin ; lire éclairera peut-être un peu le vôtre.

Hélène

La page blanche

Mes années d'enfance ont la couleur de ces premiers dimanches de décembre qui suivent la Saint-Nicolas, lorsque Margaux et Jeanne, mes petites sœurs et moi sortons du lit et, encore en pyjama, descendons de nos chambres tout excitées par la journée qui nous attend ! Nous habitons Nancy, dans une région où on néglige encore moins qu'ailleurs la tradition !

Papa est déjà dans le salon, en train de préparer les décorations de Noël qu'il a sorties du placard. Maman met le CD des chansons de Noël. Elle les aime tant, plus particulièrement « la belle nuit de Noël » qu'elle connaît par cœur. Pour moi, décorer la maison pour Noël est déjà une fête. L'approche de cette période me rend très joyeuse. Je souris sans cesse, j'aime les odeurs de biscuits à la cannelle et noix de coco, les marchés de Noël, les couleurs des guirlandes dans le noir de la nuit, la foule qui se presse pour acheter des cadeaux, le froid hivernal avec sa neige et les chaleureuses maisons où crépitent les feux de bois. Margaux et Jeanne ne sont peut-être pas aussi ferventes, mais la journée de décoration en famille demeure un moment de partage et elles se prennent au jeu bien volontiers ! Au rythme des chansons qui s'enchaînent, chacun accroche les petits personnages et les boules sur le sapin. Les pères Noël, les cloches, les photophores prennent place sur les rebords de fenêtres et les meubles. Papa s'est chargé de l'achat d'un vrai beau sapin avec des épines qui tombent au sol et diffusent leur odeur si particulière. Certaines années, il se lance dans l'illumination des sapins du jardin. Quelle agréable sensation que de rentrer chez soi dans l'éclat des ampoules multicolores qui habillent les arbres ! Une ambiance festive et chaleureuse s'installe au sein de notre foyer.

Cette période rime également avec les calendriers de l'avent que maman ne manque jamais de nous offrir et avec notre fameux « après-midi gâteaux » où toute la famille de maman se rassemble pour confectionner les biscuits de Noël, un vrai bonheur fait de discussions, de rires et d'odeurs sucrées. Ainsi, pendant un mois, chaque soir devant la télévision, nous pouvons déguster ces petites douceurs.

Je n'oublie évidemment pas la journée « cousinade avec Mémé Christiane », une journée entière qu'avec ses huit autres petits-enfants je passe avec ma grand-mère. Tous ensemble, nous choisissons nos cadeaux de Noël. Je sais qu'elle est heureuse de nous offrir quelque chose qui nous plait, mais surtout de vivre un moment très spécial avec nous.

...

Avec le mois de mars s'ouvre la période pendant laquelle mes parents se lancent dans la planification des vacances d'été. Nous avons beaucoup voyagé, en France ou à l'étranger, parcouru des kilomètres et des kilomètres en voiture et partagé chaque fois deux semaines en famille.

J'ai appris à goûter une autre nourriture, entendre et même parler une autre langue, écouter d'autres musiques. De plages en visites, de moments de détente en temps d'apprentissages, de paysages en rencontres, j'ai nourri ma curiosité. « En voyageant, ma fille, tu t'instruis et tu ouvres ton esprit au-delà de ta réalité quotidienne. C'est important de voir plus loin que le bout de son nez. »

Les souvenirs de notre circuit dans le désert marocain sont imprimés en grandes et belles lettres : écouter la langue arabe et sa musicalité, manger un couscous bouillant par 50 degrés, dormir en bivouac, faire de la luge sur les dunes avec les Bédouins, déambuler dans le souk et se faire marchander pour une dizaine de gazelles ! Revoir ma mère tenter de prononcer les prénoms en Arabe avec un accent allemand me réjouit toujours autant.

Jeanne, encore petite, nous suit et découvre de ses yeux étonnés la beauté du monde. Dans la voiture, elle demande à chanter « La petite mandarine » et « Ne pleure pas Jeannette » pour passer le temps qui lui paraît si long. Nous avons ri à ne plus pouvoir nous arrêter en regardant Margaux chanter et danser au bord de la piscine. Entre sœurs, nous nous sommes follement amusées lors de nos escapes nocturnes avec les amis du camping. Nous avons pique-niqué sur des plages de galets corses, entourés de cochons sauvages qui ne nous empêchaient nullement de déguster tome de chèvre et charcuterie. Nous nous sommes languis devant les stands de glaces en Italie et avons dégusté une paëlla à l'encre de poulpe en Espagne. Nous avons savouré les pique-niques au parc en nous délectant de chips et de sandwichs, d'habitude exclus de notre alimentation !

...

J'ai 8 ans. Mes parents sortent ce soir et me confient à « F », le fils d'une famille très proche de la mienne. C'est « un grand ». Dans mes souvenirs, il a au moins vingt ans, mais mes parents me disent qu'il en avait à peine quinze. Mon baby-sitter est un adolescent.

Je ne sais s'il nous gardait souvent. Ce dont je me souviens, c'est de sa présence et du climat qu'il instaurait, douceur, gentillesse, aucune agressivité, aucune violence.

Un soir, nous sommes dans le salon, assis chacun dans un sofa noir, face à la télévision. Il est allongé confortablement, détendu ; il m'invite à le rejoindre. Et me voilà à ses côtés. Je n'ai pas tellement d'autre choix que de me blottir contre lui.

Nous nous installons en cuillère, comme le ferait un couple d'amoureux. Je suis baignée de tendresse. Je sens son odeur. Je la reconnaitrais encore aujourd'hui s'il se trouvait derrière moi. Il me caresse lentement les bras, me regarde presque tendrement. Il m'embrasse sur la bouche. Il prend ma main et la dirige vers son pénis. Il me le fait toucher.

Je ne dis pas non, je ne m'éloigne pas et je fais ce qu'il me demande. Je ne suis pas offusquée, mais je suis toute chose. Quelque chose se passe en moi, mais je ne sais pas bien le décrire. Aucun désir, pas d'amour, mais une proximité, une affection douce mêlée d'une sensation de mal-être.

Il est l'heure de se coucher, il me suit jusque dans ma chambre, à côté du salon. Il est proche de moi, je le sens juste là, tendre présence. Il se rapproche et touche mes parties intimes. J'éprouve une sensation humide au niveau de mon vagin. Il pose sa langue sur mon pubis. Avec mes mots d'adulte, je peux dire qu'il me fait un cunnilingus. Je suis figée dans mon lit. Je ne dis rien. Je ne réalise pas ce qu'il se passe. Je ne recule pas. Je me laisse faire. Tétanisée.

Je suis incapable de dire combien de fois et combien de temps ces agressions ont eu lieu. En revanche, je me souviens en avoir parlé à ma maman. Aussi fou que cela puisse paraître, du haut de mes 8 ans, je prends la parole. J'ai oublié les mots que j'ai employés, mais je me revois debout devant elle, dans le salon, sans pleur ni cri. Je lui parle de « F ». Je lui annonce comme une nouvelle quelconque. Je ne pense pas avoir eu l'air effondrée ou même seulement triste étant donné la réaction de ma maman.

Depuis ce jour, « F » n'est jamais revenu et ni ma mère ni mon père – est-il seulement au courant ? - ne m'en ont reparlé. Le silence a pris place dans ma vie. Les mots n'ont pas été prononcés, ceux qui disent ce que j'ai vécu comme ceux de la consolation. J'ai d'ailleurs longtemps pensé que cet épisode n'était finalement pas si important, pas si grave pour qu'on s'y intéresse, un incident banal sans grande conséquence, rien de plus. Quelle belle erreur !

Je réalise que j'ai fait preuve de courage en racontant les agissements de « F » à ma mère. J'ai conscience aussi d'avoir voulu, dans un élan d'instinct maternel, protéger ma petite sœur Margaux.

De nombreuses questions demeurent sans réponse. J'ai dû prendre les choses en main et faire les démarches pour me faire suivre psychologiquement et enfin réussir à poser les vraies questions à mes deux parents.

Toute ma jeunesse et toute mon adolescence je cache cette histoire au fond de moi. J'attends, je prends mon temps avant de consentir à des rapports sexuels avec un homme. Et lorsque je découvre ma sexualité, des questions ressurgissent. J'aime le sexe, mais je ressens beaucoup de gêne et je ne suis pas à l'aise avec mon corps. Certaines positions m'embarrassent. L'orgasme m'échappe longtemps. Je ne peux toucher ni me laisser toucher par un inconnu. Je dois établir un lien de confiance avec mon partenaire. La douceur, la tendresse doivent être au rendez-vous. Je ne suis jamais totalement sexy, je ne lâche pas prise. Je ne regarde que les beaux garçons, alors que je suis complexée. Fais-je en sorte de ne pas me rendre séduisante ? Ai-je si peur de donner ma confiance ? Suis-je capable de choisir un homme pour lui-même plutôt que pour ne pas être seule ? Suis-je capable d'être plutôt que de paraître ? Suis-je capable de prendre des décisions qui peuvent faire mal ? Mon agression a-t-elle définitivement brisé mes rêves d'amour ? Puis-je la dépasser pour m'en libérer ?

Il le faut. Je ne peux plus me meurtrir de la sorte et veux redevenir maîtresse de mes émotions et de mes relations affectives et amoureuses. À trente ans, je dois reprendre le contrôle et me reconstruire correctement. Il est encore temps.

...

Les années passent. Le monstre est tapi dans les fonds inaccessibles de ma conscience, faisant croire qu'il n'est pas là.

Mes sœurs et moi grandissons dans la sérénité des familles heureuses et sans histoire. Nous vivons dans une très belle et grande maison en ville, entourée d'un joli jardin. Nous choisissons des activités périscolaires au gré de nos inspirations : basket, natation synchronisée, danse, trois ans de rugby ... Très tournés vers la culture, nos parents nous ont emmenées au cinéma, au théâtre, initiées à l'art et emmenées en voyages.

Chaque jour, de retour de l'école ou du travail, chacun vaque à ses occupations ; maman est en cuisine, mais dès que sonne 19h30, nous sommes impérativement et sans délai réunis autour de la table du dîner. Impossible de déroger ! Mes parents tiennent énormément à ce temps privilégié de partage et d'échanges. Margaux et Jeanne racontent leur journée d'école, papa ses voyages d'affaires. Nous parlons vacances, invitations, peines de cœur, vie de famille, actualité. Les bavardages laissent parfois place aux sujets graves et aux débats animés. Chez nous, ça communique, ça argumente, ça chauffe ... et ça ouvre l'esprit !

A la fin de mon année de Terminale scientifique, nos dîners ont connu de longues et houleuses conversations au sujet de mon avenir. J'ai de bons résultats certes, mais obtenus au prix d'efforts constants et de nombreuses heures consacrées aux devoirs. Mes parents ont étudié dans de bonnes écoles et ont quitté le cocon de leur petit village pour vivre une belle carrière en ville ; mon père est informaticien et ma mère travaille dans la publicité. Nos forts caractères se frictionnent. Je crains l'échec ; mes parents veulent ma réussite. J'hésite ; ils sont sûrs de mon potentiel. Je redoute d'être poussée dans une direction qui ne serait pas la mienne ; ils me connaissent bien. Je doute ; ils parlent emploi, salaire, sécurité.

« Si tu n'as pas d'idée précise pour ton avenir, ma fille, alors oriente-toi vers une faculté prestigieuse qui ouvre un maximum de portes professionnelles. Tu es une élève studieuse, toujours investie dans la défense des personnes. Tu es vindicative et très à l'aise à l'oral. Ton fort caractère et ta prestance te seront des alliés pour une telle carrière ! Et si tu ne veux pas devenir avocate, les études de droit te donneront accès à bien d'autres métiers. En prenant cette direction, tu t'offres un panel de choix professionnels pour l'avenir. »

De discussions en réflexions, j'entends mes parents et m'en remets à leur jugement. Je prends conscience de mes ambitions et je me sens forte de leur confiance en moi et en mon intelligence. C'est ainsi que j'ai postulé à la faculté de droit de Nancy et que j'ai été admise.

...

A la rentrée 2006, inscrite à la faculté de droit, je m'engage dans une suite logique pour la justicière dans l'âme que je suis.

Dès les premières semaines, un de mes premiers dilemmes me frappe en pleine face. Je ne me sens pas du tout à l'aise en cours. Beaucoup de théorie, une implacable rigueur, l'absence de terrain, de concret, de social. Je ne me situe pas dans le même état d'esprit que le reste de l'amphi et ne me sens pas à ma place. C'est une discipline toute nouvelle et si particulière, un langage qui lui est propre, une méthodologie qui n'a rien à voir avec le lycée. Je me sens en échec, mais surtout je traverse une prise de conscience insoutenable : et si finalement, je n'étais pas faite pour être praticienne du droit ?

Je persévère durant trois années, sans conviction et sans plaisir. Je me pose beaucoup de questions et constate tout de même que le droit pénal m'attire. Je ne suis pas si mauvaise à mes examens.

Dans cette famille plutôt aisée, mes parents m'ont élevée dans l'idée qu'il est normal de gagner de l'argent, de mériter un cadeau, de faire des efforts et de participer à la vie de la maison. Dès l'âge de 16 ans, j'ai travaillé durant les mois d'été pour gagner mon argent de poche. Tout naturellement je m'engage, à côté de mes études, dans des petits boulots où je noue des amitiés solides. Dans les cuisines d'un fast-food, je rencontre Tiffanie, mon coup de cœur amical, mon amie très chère.

Je termine pro du hamburger et licenciée en droit en 2010.

...

La date du 14 février, qui devrait être synonyme d'amour, me renvoie au strict opposé. En cette fête des amoureux de 2010, Jeanne, Margaux et moi sommes dans nos chambres lorsque nos parents nous demandent de les rejoindre dans le salon. Au son de leurs voix, je sens que quelque chose de tout à fait anormal va entrer dans nos vies. Assise avec mes sœurs sur le canapé, dans un silence lourd, je regarde mes parents, maman qui tente de cacher une infinie tristesse et papa qui transpire l'anxiété. La tension est palpable ; une annonce pénible est imminente. Mes souvenirs sont flous. Je ne sais dire lequel des deux a pris la parole, mais je comprends très clairement que mon père quitte maman.

Celle-ci emploie des phrases réconfortantes du genre « Nous ne nous aimons plus, mais cela ne changera pas notre famille. On vous aime les filles et on va continuer de former une famille unie. » Mais les mots sonnent faux dans sa bouche.

Depuis de nombreuses années, nos parents se disputent. Maman ne parvient guère à nous cacher ses yeux souvent bouffis de pleurs. A chaque départ de papa en voyage d'affaires, elle s'assombrit. Lorsqu'il rentre et que nous lui sautons au cou, elle est chagrinée.

Malgré cela, avec cette décision, tout mon monde s'écroule brutalement. Je m'enfonce dans un état second. J'appelle immédiatement Joanna, ma meilleure amie. Vide, molle, assaillie par un violent mal de tête, je ne cesse de pleurer au-dessus de la glace au chocolat que nous partageons. Rien n'apaise cette boule au ventre, cette sensation d'impuissance et de chute libre.

A partir de ce jour, mon papa et ma maman ne vivront plus ensemble et se déchireront violemment. Le divorce est une période épouvantable, ponctuée d'atrocités réciproques et de règlements de compte. Avec mes sœurs, nous nous sentons prises au piège de leur conflit.

Jeanne, alors mineure, vivra en alternance chez papa et maman. Margaux et moi avons le choix et choisissons, mes souvenirs sont vagues, papa ou l'alternance. Quoi qu'il en soit, nous soutenons notre papa sans condition et maman nous le reproche. Elle exprime sa colère d'avoir vécu trente ans avec un mari qui finalement l'abandonne, détruit sa vie, balaye du revers de la main ses sacrifices.

Environ six mois plus tard, je découvre que papa a une autre femme dans sa vie et que c'est la raison pour laquelle il nous a quittées. Il nous a menti et je le vis comme une trahison. Une violente dispute éclate et nous sépare pour longtemps. Comment ce père que j'idolâtrais peut-il être cet homme qui trompe, trahit et ment ? Le scénario empire lorsque les langues se délient et que nous découvrons que papa a trompé maman de nombreuses fois et qu'il avait d'ailleurs déjà quitté la maison familiale durant notre prime jeunesse. Ce lourd secret de famille voyant le jour, le modèle de la famille parfaite que maman tentait désespérément de mettre en place vole en éclat. Voir ses parents se séparer est difficile, mais les voir se déchirer, s'insulter, se détruire, entendre sa mère pleurer, voir son père nous ignorer de nombreux mois pour vivre sa nouvelle vie, voilà qui est autrement lourd et destructeur et va jouer sur notre psychisme.

...

Un soir que je discute sur la terrasse avec Joanna, ma meilleure amie, quatrième fille de la maison, ma mère, de retour du travail, nous rejoint. L'observant monter les marches vers nous, très centrée sur sa peine et ses pensées, je suis frappée par le désespoir profond qui déforme son visage. Elle s'installe à côté de nous, éclate en sanglots et s'épanche. Les altercations, les problèmes avec les avocats, son amertume envers la nouvelle compagne de papa et ses émotions de femme bafouée. Mon cœur se sert. Ma mère, la femme qui m'a mise au monde et qui me protège depuis toujours, celle qui a sans faille caché son désarroi, s'ouvre à nous. Je suis à la fois contente de l'écouter et de l'épauler, mais en même temps j'entends des choses qu'une fille ne doit pas connaître sur les relations privées de ses parents. J'entre dans leur jardin secret et toute la version de ma mère est si négative et triste que j'en ai la nausée. En quelques minutes et une salve de mots gris et douloureux, je ne suis plus la jeune fille de 20 ans naïve, mais une femme adulte désenchantée. Un tableau noirci de l'amour et de la famille rentre dans notre maison. La tristesse mais surtout la colère m'envahissent.

Les confidences s'accumulent. Maman s'écroule, mon monde s'écroule. Je perds pied. Je ne sais pas comment gérer cette colère née de la trahison de papa et de l'impudeur de maman qui raconte tout ce qu'elle affronte. Je ne veux plus entendre ce qu'ils se disent et les horreurs qu'ils échangent après trente ans de mariage. Le mariage, la famille, l'amour… toutes ces valeurs si belles à mes yeux perdent leur sens. J'avais tellement confiance en mon papa. Je crois même que j'étais fusionnelle avec lui. Et je n'arrive plus à le regarder dans les yeux, ni même à me trouver dans la même pièce que lui sans ressentir un mal-être profond. L'histoire de mes parents a brisé en moi la capacité d'accorder ma confiance à un homme, a fracassé l'image de l'amour, de l'amour filial et de l'amour familial.

Papa s'éloigne petit à petit. Il vit sa nouvelle vie. Nous n'avons que peu de nouvelles et je refuse de dormir chez lui. Jeanne s'y rend une semaine sur deux. Le fossé entre ma sœur cadette et moi se creuse de plus en plus. Elle veut trouver un terrain d'entente pour ses parents et pour ses sœurs, mais en vain.

…

Depuis mon jeune âge, j'aime défendre les causes perdues. Je ne supporte pas que l'on puisse faire du mal aux plus faibles. Dans la cour de l'école primaire, Guillaume est la cible préférée des enfants agressifs : je deviens son amie et je le défends. Quand ma petite sœur se fait bousculer par un adulte sur le chemin de l'école, je me plante devant le fautif, rongée par une colère qui m'oblige à agir, et exige des excuses. Au lycée, je sympathise avec les jeunes en difficulté scolaire et décide de les aider. Je prends très à cœur mon rôle de délégué de classe que je vois comme une mission de défense des droits des élèves. Tous les garçons qui font du mal à mes copines ont affaire à moi, très convaincue de mon devoir d'intervention. S'agit-il d'un instinct maternel précoce et sur-dimensionné ? Une chose est certaine, je ne peux pas lutter. Et je me dis que la criminologie est en moi depuis toujours.

...

Je ne sais plus dans quelles circonstances je découvre l'existence de ce cours de criminologie, à Paris. Le timing est parfait puisque les cours planifiés en fin de semaine me permettent en parallèle et en semaine de continuer la faculté de droit de Nancy.

Me voici partie pour deux ans d'études sur Paris. Et c'est ainsi que je vis ma première rencontre avec l'étude du comportement criminel. Que du bonheur ! Ma passion est née ; ma vie prend un sens nouveau. Les mots sont forts ; ils reflètent exactement mes sensations.

Le droit « pur » me semble fermé, cartésien, systématique, ne laissant aucune place à l'individu. La criminologie, quant à elle, englobe un ensemble de disciplines : psychologie, psychiatrie, victimologie, droit pénal, sociologie. L'individu est placé au centre de l'acte criminel qu'il soit la victime, le criminel ou un membre de la famille. La question du jugement laisse place aux notions de prévention, d'adaptation, de réinsertion. Tout prend sens. Chaque cours provoque une sensation forte au fond de moi et j'aime ce que je ressens. J'ai enfin l'impression de savoir ce que je vais faire de ma vie.

Si j'ai l'occasion d'apprendre, beaucoup, et d'affiner mon projet professionnel, je vis également une expérience humaine folle. Dès la première session, je sympathise avec trois autres étudiantes. Nous décidons de partager à l'avenir une chambre d'hôtel. Aussi différentes que nous soyons, par nos milieux et nos parcours, nous sommes unies par notre passion pour la criminologie. Nous allons partager des soirées à parler et rire et de longues journées à étudier. Grâce à cette école, j'ai pu faire des stages passionnants, en hôpital dans les pas d'un psychologue expert des victimes d'agression ou aux côtés d'un expert médico-légal. Je ne pouvais pas m'arrêter là.

...

À la suite de ma licence de droit, je m'inscris à l'université d'Aix-en-Provence pour y obtenir une maîtrise en « droit et expertise pénale », la seule maîtrise qui s'approche de la criminologie. Je trouve également dans la région une école de criminologie qui me mobilise en fin de semaine : pendant deux ans, je consacre un week-end par mois à ce programme d'étude passionnant.

L'apprentissage continue et j'adore ça.

Je me régale et je ne veux pas m'arrêter là !

Je me questionne sur mon avenir professionnel. Mes stages en psychiatrie, expertise psychologue, maison de jeunesse révèlent que je me sens à ma place dans ce type de structure, malheureusement trop peu développé en France.

J'ai le goût de l'aventure, alors je me tourne vers le Canada, le berceau de la criminologie. Après avoir quitté Nancy, ma ville natale, pour me rendre à Aix-en-Provence, je sais que vivre loin de ma famille ne me dérange pas. Je suis vraiment attirée par l'idée de partir et de tenter ma chance au Canada.

« Tiffanie, je meurs d'envie d'étudier la criminologie à Montréal et de voir si je peux m'y installer. Je me sens attirée par cette expérience, mais sans en connaître vraiment le but ultime. Penses-tu que je fasse une erreur de suivre mon instinct et ma passion ? » Depuis quelques mois, Tiffanie s'est installée au Canada avec son amoureux. Que pouvait-elle répondre à ma question ?

Je fais ma demande d'étude au Québec, plus précisément à l'Université de Montréal, pour suivre un certificat en criminologie, un diplôme universitaire dédié à l'étude du comportement criminel. Je vais pouvoir voyager et étudier. Mais surtout je vais voir concrètement l'application de cette discipline sur le continent nord-américain et prendre la mesure des réalités professionnelles de ce pays.

« Maman ! Je viens de faire mon dossier de candidature pour l'Université de Montréal. Je suis trop contente ! Je vais faire un an d'études. On verra pour la suite. Peut-être vont-ils m'adopter ? » Ma mère est fière, heureuse de me voir vivre mon rêve. « Fonce ! » me répond-elle.

...

Après avoir validé ma maîtrise de droit pénal en septembre 2011 ainsi que mon master2 en 2012, et avant le Grand Départ, je décide de m'aventurer à Londres. J'ai envie d'apprendre la langue anglaise en vivant une expérience de travail. J'économise et monte petit à petit mon projet. Au mois de janvier 2013, je monte dans un bus en direction de la capitale britannique. J'ai réservé une auberge de jeunesse pour les premiers jours et j'espère faire des rencontres pour améliorer mon anglais et surtout comprendre assez rapidement le fonctionnement de ce pays pour trouver un emploi. Je suis partagée entre l'excitation du départ et une peur profonde de l'inconnu. Je pars à l'aventure sans réelle garantie de succès et ignorante de ce qui m'attend ! Je ne me retourne pas et je prends mon courage à deux mains. Je fais ma valise, je me renseigne beaucoup sur cette nouvelle ville pour la rendre plus familière et je me lance.

A chaque déplacement ou voyage hors de ma ville natale, je ressens ce petit pincement au fond de moi. Cependant, plus je grandis, plus je me déplace, plus j'acquiers de la maturité. J'appréhende mieux mes départs et je suis plus aguerrie. La peur m'envahit de moins en moins pour laisser place à l'engouement et l'excitation. Je sais que je peux m'éloigner de mes racines, m'éloigner des miens. Cela me convient, me correspond.

Ça y est, je les ai ! Là, dans ma poche, les billets de bus pour que mes sœurs me rejoignent à Londres. Elles les trouveront sous le sapin. J'ai tellement envie de leur faire découvrir cette ville magnifique. Les conversations téléphoniques ne me suffisent plus, les rêves de les avoir près de moi non plus : nous allons déguster des fish and chips ensemble !

Février. Mes sœurs sont là ! Installées dans une auberge de jeunesse, nous courons la ville en tous sens : cuisine so british, musée Harry Potter dont Margaux est si fan, cookies en forme de bonhomme-sourire, fous-rires sous les douches collectives et dans les dortoirs, lumières de la ville dans la nuit, les yeux étonnés de mes sœurs à l'étage du bus ... à étage, Jeanne effarée par les tenues décalées que l'on ne peut voir que dans cette ville où tout est possible !

...

J'ai obtenu mes diplômes, envoyé mon dossier au Canada, progressé en anglais à Londres ; je décide de « faire la saison », en Corse. Animatrice enfant et barmaid depuis le mois d'avril, je suis assise à une table de la terrasse de l'hôtel Club dans lequel je travaille à Calvi ;

c'est la fin de séjour pour les vacanciers, célébrée par la traditionnelle « kid party ». Epuisée par l'intense semaine, je suis tout de même excitée, prête à rire, danser, profiter. Les costumes, les danses, les jeux de plages, les bricolages, les jeux collectifs et la piscine avec les petits et les grands exigent certes rigueur et organisation, mais dans une ambiance saupoudrée de joie et d'amusement.

Je laisse s'exprimer toute ma folie, ravie de pouvoir, dans mon corps d'adulte, rire sans retenue, m'amuser sans réfléchir, me gorger d'un profond et agréable sentiment de liberté, avec des collègues qui aiment autant que moi rire et faire la fête, qui ne se prennent pas trop au sérieux, qui désirent créer des liens avec leurs coéquipiers plutôt que de vivoter. Les enfants se révèlent bruts de décoffrage dans leurs émotions. J'aime cela. Tout est tout noir, tout blanc ou abondamment pailleté, mais jamais gris, neutre ou transparent. Le soir venu, les employés se retrouvent sur la plage, juste au-delà de la terrasse de l'établissement. Sans rendez-vous ni invitation, ces réunions spontanées nous permettent de partager des soirées de rigolade, de décompression après nos longues journées de travail ; nous partageons l'envie de provoquer des rires à n'en plus finir, de mener de grands débats, d'engager des courses folles sur le sable.

Dans le courant du mois de mai, je reçois un email de l'Université de Montréal : je suis acceptée ! ... et je suis surexcitée ! Je vais retrouver Tiff et aussi Margaux et son conjoint qui sont partis avant moi.

Fin août, je pars pour le continent nord-américain. Une nouvelle aventure se profile, un pas de plus vers ma passion.

Au pays de la feuille d'érable

« Tiff, me voilà ! Je débarque moi aussi à Montréal. Puis-je venir vivre chez toi le temps de chercher un logement ? Ça va être génial de se retrouver après tant de mois ! Je sens qu'on va bien s'amuser. » Tiff, je l'ai rencontrée il y a dix ans, au-dessus des comptoirs, des grills et des friteuses du restaurant où nous travaillions, et cette jeune femme ne m'a jamais quittée. Je suis partie de Nancy pour Aix-en-Provence, Londres et la Corse, mais notre lien tissé serré n'a jamais été rompu. Bientôt, je vais la retrouver à l'autre bout du monde.

22 Août 2013. Je finis de boucler mes valises après des heures de lutte pour y enfermer le plus d'affaires, tout en respectant leur nombre et pire encore, leur poids. Un vrai défi ! Je ne réalise pas vraiment, je suis dans un tourbillon d'excitation. J'ai dit au revoir à mes amis et à ma famille. Je ressens une grande joie au fond de moi, mon sourire me trahit. Pourtant je ne sais

pas réellement ce qui m'attend. Je n'ai géré que l'indispensable : les papiers d'immigration, mes billets d'avion et j'ai glissé un plan de la ville dans mon sac en me répétant : à moi les cafés à emporter, les donuts et les parcs avec les écureuils ! J'ai toute une semaine avant la rentrée universitaire pour atterrir, découvrir, comprendre.

J'aime voyager ; je ne crains pas de tout quitter, mais cette fois-ci j'ai le cœur léger de savoir que je suis entourée de personnes de confiance, ma sœur de sang, Margaux et ma sœur de cœur, Tiffanie.

Dans l'avion, je déguste une plaque de chocolat en regardant un film. Pleine d'impatience, je fais tout mon possible pour entrer en contact avec ma voisine : j'ai besoin de me raconter. Je ne tiens pas en place. L'accent des hôtesses de l'air me fait sourire, les commentaires humoristiques du commandant de bord me régalent. Je sens que je baigne déjà dans l'atmosphère nord-américaine et cela me plaît énormément.

Atterrissage. Sortir du terminal. Même l'aéroport, je le dévore des yeux. Tout me plaît. Tout m'intéresse. Je ne veux rien manquer, pas le moindre détail. Je n'ai presque pas dormi durant les huit heures de vol, je dois assumer six heures de décalage horaire, il n'est que 13 heures ce 23 août, premier jour de ma nouvelle vie. Je cherche le bus qui doit me conduire en centre-ville. Aussitôt, des Canadiens me viennent en aide, spontanément, tout simplement. J'admire ce sens aigu du civisme et de l'entraide. Je sais que je vais me sentir bien ici !

Tiffanie et Lionel m'attendent à la descente du bus. En plus de vivre une belle expérience scolaire, je vis une aventure amicale forte en retrouvant cette femme qui m'est chère depuis si longtemps. Je remarque immédiatement son petit bedon tout rond. Je vais avoir la chance de l'accompagner dans cette étape formidable de sa vie. Les bonnes nouvelles ne cessent de s'accumuler et me remplissent de bonheur. Il fait chaud, le soleil apporte sa clarté au paysage citadin, j'entends les gens parler avec leur bel accent, je m'amuse des annonces publicitaires si différentes, du bruit des ambulances et des pompiers qui me fait penser à celui des jouets pour enfants. Je m'émerveille des maisons de pierres brunes ou rouges, des balcons qui ornent toutes les façades, des parcs en pleine ville et des écureuils qui courent par milliers.

Mon côté « éponge » s'en donne à cœur joie. Même si cette faculté naïve et empathique peut apporter beaucoup de souffrance, en ces premiers instants de découverte de ma nouvelle terre, j'absorbe avec joie, exaltée, curieuse, enthousiaste.

...

Les premiers jours, je sillonne les rues de Montréal pour m'imprégner de l'atmosphère et trouver ma petite routine. Je n'ai jamais autant ri ! Les rues sont si grandes qu'elles sont découpées d'est en ouest. Je me perds un peu tout le temps ! Les Canadiens prennent « un breuvage » quand ils boivent un jus de fruits ou « une liqueur » quand ils boivent un soda. Pour trouver une fontaine à eau, ici, on demande où se trouve l'« abreuvoir » ! Quand, au supermarché, je demande à la vendeuse où sont les cotons-tiges, elle me regarde avec des yeux étonnés. A force de grands gestes, elle me montre le rayon des « cure-oreilles ». Quoi de plus simple pour nommer un objet qui sert à se curer les oreilles ?

J'adore particulièrement une des habitudes des Montréalais : le café à emporter. Très vite je suis devenue une cliente régulière du « Tim Horton » et de son café à la vanille française en format XXL à emporter, et j'arpente les rues en le dégustant. Parfois je m'installe sur le banc d'un des nombreux parcs de la ville pour me poser, respirer et savourer.

Les policiers qui mangent des donuts en plein service, ce n'est pas un mythe. Et ils ne sont pas les seuls : à chaque réunion de service, les grands cafés et les donuts ou « beignes » font partie de la rencontre, un rituel auquel personne ne songe à déroger. Je me demande même si ce n'est pas inscrit à l'ordre du jour de la réunion.

Halloween est la première fête que je célèbre depuis que je vis au Québec. Tout le monde se déguise, les soirées à thèmes se multiplient, chaque quartier montre ses maisons hantées, une marche de zombie s'organise pendant laquelle plus de mille personnes défilent dans des tenues plus effrayantes les unes que les autres. Une démesure impensable et féérique ! Cet événement est si important pour les Canadiens que je me prends au jeu avec un plaisir immense. La tradition de la citrouille sculptée m'épate ; elle est respectée dans tous les foyers, sans exception. Les familles partagent la dinde au repas de Thanksgiving. Je ne suis pas dans une série TV américaine ! Non ! Je vis en vrai cette culture !

Je ne peux pas évoquer Montréal sans décrire la période hivernale, si magique ! Le froid glacial est bien réel, mais la vie ne s'organise pas dans des souterrains pour autant. En plus de l'équipement vestimentaire adapté, en plusieurs couches pour pouvoir gérer la chaleur du métro par exemple, j'apprends à anticiper mes trajets à pied pour choisir le plus court. Les hommes cachent leurs beaux costumes dans un sac et ne les enfilent qu'une fois parvenus au vestiaire de l'entreprise. Les employeurs acceptent les retards les jours où la tempête apporte quarante centimètres de neige. Mais l'hiver c'est aussi le patinage sur les lacs gelés, les festivals de musique en extérieur, les promenades au cœur des forêts de conifères peuplées d'animaux sauvages, les batailles de boule de neige, les feux de bois dans les maisons, les repas « poutines » pour se tenir chaud, les descentes en luges sur des pneus de voiture. L'hiver est l'une des plus belles saisons canadiennes et le froid n'empêche personne de sortir et de s'épanouir, bien au contraire.

...

La rentrée universitaire me ramène en salle de classe. Je vais enfin voir si la criminologie me plait et si je peux en faire ma carrière. Du concret, plus de place aux seuls rêves ! Je suis tout excitée et terriblement motivée !

A l'université, j'arrive systématiquement trente minutes en avance pour me donner le temps de m'installer, prendre un bon café, manger mon lunch, fumer une cigarette et finalement me trouver dans d'excellentes conditions pour profiter pleinement de mon cours. Ce jour de septembre, je suis assise tout au fond de la salle de classe. Le cours de sociologie criminelle a commencé depuis cinq minutes et « il » entre en classe. Je le trouve splendide. Sa peau noire et le corps musclé que je devine sous son large jogging m'émeuvent profondément. Son visage à la fois doux et marqué me touche.

Chaque semaine, la perspective de ce cours me met dans un état de fébrilité folle. « Tiffanie, c'est jeudi ! Aide-moi à me faire belle ! » Lui ne parle à personne, il arrive en retard, suit le cours puis repart. Je me surprends à chercher son regard, à laisser une place libre à côté de moi, espérant secrètement qu'il s'y installera. Je ne sais pas comment l'aborder, je réfléchis à des scénarios trop souvent contrariés par une timidité paralysante. Il m'attire, il me plait. Les minutes d'attente avant son arrivée tardive me paraissent une éternité. J'ai un pincement au cœur quand il entre en classe. Sans lui avoir jamais parlé, sans rien connaître de lui, je suis déjà amoureuse.

Il s'appelle « V ».

Je fais du sport dans la salle d'entrainement du centre communautaire proche de chez moi et je sais que « V » y travaille tous les samedis en tant qu'animateur enfant et coach de hockey. Après mon heure de sport, je me sens très mal à l'aise avec ma figure rouge et mon corps baigné de transpiration ; je quitte toujours au plus vite la salle des machines pour me réfugier au vestiaire. Ce samedi-là, je tombe nez à nez avec « V » et son groupe de jeunes. Il me reconnait et me salue. Je suis surprise et gênée. Je ne sais pas quoi lui dire. J'ai honte qu'il me voie dans cet état physique peu avenant, d'autant plus que les enfants se moquent de ma peau cramoisie. Je voudrais disparaître ! Arrivée dans le vestiaire, haletante, je peine à reprendre mon souffle. Je suis complètement sous son charme et je meurs d'envie de le revoir, mais il me met dans tous mes états. Le samedi suivant, je m'entraîne à la même heure, mais cette fois-ci je fais en sorte de ne pas le croiser.

Je n'ose toujours pas parler à « V », jusqu'au moment où je lui demande de faire équipe pour le travail en commun que le professeur de sociologie nous demande. Le simple fait de lui adresser la parole me rend toute chose. J'ai chaud. Je suis gênée. J'ai l'impression de ne pas être intéressante. Il accepte.

Pendant les deux mois qui suivront, nous nous rencontrerons tous les vendredis après-midi ; j'attends ce moment avec une impatience toujours plus grande. Lui ne me voit que comme la fille avec laquelle il travaille ; moi, je suis envoutée. Son corps, son visage, son attitude simple me charment. Je le regarde comme une petite fille devant une vitrine de bonbons. Nous devons commencer à parler « criminologie » pour que je réussisse à me calmer.

...

Avec Margaux et Lucas, nous avons décidé de passer Noël à New York. Il est 8 heures du matin. Très stressée, j'ouvre ma boîte email pour consulter mes résultats : je découvre que j'ai brillamment validé mon semestre. La note obtenue pour le travail commun avec « V » est excellente – 98% ! - et cela ajoute à mon soulagement et à ma fierté. Je saisis cette occasion pour l'appeler et lui proposer de célébrer notre réussite autour d'un verre ou d'un repas. Je suis comme une petite fille impatiente de recevoir une réponse, mais gênée d'avoir osé l'inviter. J'ai des fourmis dans le corps, des frissons, des crampes d'estomac et il accepte mon invitation ! J'ai du mal à attendre d'avoir raccroché avant de sauter partout dans la chambre. Des papillons batifolent au creux de mon ventre. « Je vais voir « V » ! Je vais voir « V » ! » Cette sensation de joie, de légèreté, d'impatience mêlée au stress de l'inconnu est délicieuse. Je ne veux pas qu'elle s'arrête !

...

Le 6 janvier 2014 débute notre relation. De longues balades nocturnes, des débats, des sorties, des discussions. Notre histoire est si parfaite à mes yeux. L'homme dont j'ai toujours rêvé, étudiant en criminologie, issu du quartier me promène à son bras. Une vraie histoire de princesse !

En ce début de notre vie de couple idyllique, nous partageons tout. Je ne lui cache aucune sphère de ma vie. Je vis un rêve, je suis amoureuse, je suis si bien ! Depuis le premier jour, nous sommes unis par une sorte de connexion mystérieuse et forte. Nous nous admirons et nous respectons. C'est aussi la première fois que je vis une vraie relation de couple stable. Nous voyageons. Je découvre le hockey et je m'y implique beaucoup. J'apprends à connaître son « quartier », ses amis et sa famille. Petit à petit, je fais ma place et j'adore cela. Je sens dans son regard et son attitude envers moi qu'il m'aime et ressent le lien inexplicable et indestructible qui nous unit.

...

Pourtant, après deux ans, nous nous disputons beaucoup et souvent. Je veux que nous emménagions ensemble ; il me répond que « ce n'est pas sa culture ». Je lui reproche de se soumettre à ses parents et à la tradition ; il me demande d'attendre. Encore.

Les mois filent et je réalise que plus que d'être différentes, nos visions s'opposent, sur les choses, les émotions, la vie de couple ... J'ai bien conscience des disputes, des pressions, des tensions, des manquements au respect qui m'est dû. Je sais la confrontation, la frustration et surtout l'incompréhension. Pourtant, je ne sais pas comment nous en sommes arrivés là. Comment avons-nous pu passer de l'amour à l'agressivité, de la complicité à l'abandon ?

Nous ne sommes pas un couple idéal. J'essaye de parler, de comprendre, en vain. Il prend ses distances, ne me regarde plus, ne me désire plus.

Je le vois, impuissante, s'éloigner petit à petit de moi. Je ne parviens pas à concevoir qu'un jour nos corps et nos âmes seront séparés.

Un matin, il part. Il brise tout, nous, notre amour, notre avenir. Il m'abandonne. Je crois perdre mon souffle lorsqu'il me dit que c'est fini. Une violente pression m'écrase le ventre et le cœur. Les larmes coulent, je descends aux enfers. Plus de baisers, plus de nuit contre son corps, plus de sécurité. Je suis seule. Je ne sais plus ce qu'est la vie sans lui. Je pleure, je suis abasourdie. Ne plus lui écrire, ne plus l'appeler pour tout lui raconter. Et au travail, comment faire ? Et l'appartement ? Et sa famille devenue ma famille ? Tout s'effondre. Je réalise que je n'ai plus rien. Je me sens perdue. A ce moment-là, plus de papiers d'immigration, plus d'assurance maladie, un job qui ne me satisfait pas suffisamment, ma famille en France. Je ne dors pas, je ne mange pas. J'enchaîne les crises d'angoisse. Je marche seule durant des heures dans le quartier, je pleure sans cesse, mon cerveau réfléchit tellement qu'il semble vouloir exploser. C'est très fort. Je ne sais pas comment sortir de là et me relever. C'est la première fois que mon monde s'écroule de la sorte. J'ai tout créé avec « V ». Une page se tourne sans que je puisse le décider, je subis. L'amour ne suffit pas à rester ensemble. « V » n'a pas la force de se battre pour nous deux. Je le crois incapable de savoir qui il est et il m'entraîne dans les ténèbres de cette ignorance. L'amour m'a rendue aveugle et je m'en veux énormément. Je sentais un malaise au fond de moi depuis quelques mois déjà, mais je ne voulais pas le voir. Je veux tant m'installer, vivre à deux, ne plus jamais être seule, être aimée pour de bon. Il représente mon idéal, je l'idéalise. Lui et moi avons un passé, des blessures, nous sommes deux âmes meurtries qui ne s'entraident plus. Je sais qu'on s'est aimé « pour de vrai », mais les difficultés de la vie et nos caractères différents nous ont achevés.

Maman me dit toujours que depuis que je suis toute petite, j'aime à défendre les causes perdues. C'est en moi. Je me suis intégrée dans la famille congolaise, j'ai été adoptée par son quartier et quand « V » a eu besoin de moi pour l'aider à avancer et croire en lui, j'étais encore là. Prisonnière du cliché du couple idéal, je me suis jetée à corps perdu dans ses projets, ses envies, ses besoins et je me suis perdue, détruite à petit feu. Quand je passe à deux doigts du burn-out, quand mon corps ne parvient plus à encaisser de stress, lui ne me soutient pas. Il m'abandonne. Aider, aimer, partager et finalement s'effondrer. Je sais désormais où sont mes erreurs, mais ma plus grande peur est de recommencer.

Arrêter d'être avec « V » a été la pire épreuve de ma vie. Cela paraît fou puisqu'il ne s'agit au fond que d'une rupture entre deux adultes, un accident de la vie que tout le monde ou presque connaît. Mais j'ignore comment les autres font pour y parvenir aussi bien. Tous mes rêves et mes projets repartent au point zéro. Mon angoisse explose quand je prends conscience que mon avenir d'immigration entre ses mains est désormais compromis. Je vis un monstrueux échec. Je suis détruite.

Les amis se relaient pour m'accompagner dans cette dure étape de vie. Sans eux, je ne serais pas capable de me relever. Je ne me reconnais plus. La battante que je suis découvre des émotions inconnues d'une intensité à peine supportable. Paralysante. J'ai tout donné, tout partagé, livré mes secrets, présenté ma famille, lu mes écrits, raconté mes voyages. Je me suis tellement investie que je ne supporte pas l'idée que mon rêve cesse sans que je le décide, sans que je sois d'accord. Je lui avais donné mon amour et ma confiance. Nous allions acheter un appartement, avoir des enfants, traverser l'existence avec bonheur. Je peux lui pardonner son burn-out, son manque de confiance en lui et son manque de courage, mais les promesses manquées et l'abandon cela je ne pourrai jamais … Je crois encore à notre histoire et quand je rentre en France durant l'été 2018, je ne peux m'empêcher de penser qu'il va réagir. Mais il ne me contacte pas, commence une histoire avec une autre femme, balaye nos rêves et mes illusions. L'espoir s'envole ; mon âme souffre.

Mon histoire de princesse prend fin.

...

Dans cette épreuve, ma force m'est venue tout entière de ma famille québécoise.

J'ai rencontré Tiffanie à Nancy et nous nous sommes connectées dès les premières secondes. « Tiff » m'impressionne. Je la trouve magnifique, forte, très intelligente. Je l'admire d'être étrangère au doute. Elle est la plus jeune de notre petit groupe, mais elle est à la tête d'une entreprise et mère de deux beaux enfants. « I » et « M » sont mes deux rayons de soleil. Auprès d'eux, je me sens « Tata Fourmi », la plus heureuse des tatas !

Nous avons fait équipe avec « A » à l'ASCCS, centre communautaire dans lequel je travaille, auprès du groupe des 3/4 ans. « A », dite Kiwi, est une jeune Québécoise qui étudie la sexologie. Elle a un grand cœur. Elle est artiste, calme, toujours à l'écoute des autres. Comme on dit chez elle, j'ai « beaucoup de fun » à découvrir cette belle personnalité. Avec le temps, nous sommes devenues plus que des collègues. Un jour, elle m'explique que sa colocataire part pour un an d'échange en France et que par conséquent, une place se libère dans le logement. À ce moment précis, j'ai des problèmes d'immigration. J'habite un très bel appartement, mais je suis susceptible de devoir rentrer en France sans délai. Quelle chance d'habiter une chambre en colocation, sans bail et sans obligation ! J'emménage donc chez « A ».

« G » est un grand bonhomme, Québécois, compagnon de « A », un être doux, gentil, sarcastique et tellement drôle. « G » adore faire la cuisine, il confectionne de délicieux brownies et des won-ton aux crevettes, prépare des chocolats chauds, grille le bacon, monte des hamburgers maison. Très protecteur, il s'inquiète beaucoup pour moi et veut toujours me protéger.

« JB », le meilleur ami de « A » rejoint la colocation et je le rencontre au mois de janvier qui a suivi ma rupture avec « V » lorsque « A » et « G » m'ont proposé de squatter leur nouvelle colocation, le temps de me remettre sur pieds. Au début, il est un peu distant et à cheval sur le respect de ses affaires dans l'appartement. Mais au fil du temps, il s'ouvre et entre nous s'installe une très belle complicité. « JB » est drôle, sarcastique, attentionné, excentrique, plein de vie et de générosité. Très vite nous devenons amis et avec lui, ma « famille » s'agrandit.

« N » fait aussi partie de mes précieuses rencontres au sein de l'ASCCS. Très vite, cette femme forte, de caractère, dynamique, leader et si intelligente est devenue mon acolyte. Son chum est un bon ami de « V », ce qui favorise notre amitié. Nous partageons de nombreuses heures à regarder les games de hockey et à discuter. Elle est imprégnée d'une culture latina très riche et vivante, que j'adore ! Notre relation est si forte que « N » finit par intègrer notre colocation. Elle s'est immédiatement fondue dans notre splendide gang de folie !

J'ai aussi rencontré « AA » au centre communautaire. Jeune danseuse pleine d'énergie et de talent, cette artiste passionnée ne se laisse pas marcher sur les pieds. Nous avons passé beaucoup de temps ensemble grâce à nos emplois du temps de folie au Centre-Sud. Le désir de se donner à 1000%, la passion, le leadership, la détermination et la sensibilité nous unissent.

Grâce à la coloc de « A » et « G », je vais faire des économies en vivant dans un logement plus spacieux. Je me réfugierai, après ma journée de travail, dans une ambiance bienveillante et chaleureuse. Pour m'accueillir, les colocataires préparent un délicieux repas de bienvenue ; je suis émue par cette délicate attention. Je sens que je vais être bien à leurs côtés. Et en effet, à partir de ce tout premier jour, notre amitié se dessine puis ne cesse de grandir.

« Bon matin ma belle Kiwi, bien dormi ? Je me suis fait un pain aux bananes. Tu en veux ? Alors, que fais-tu aujourd'hui ? Cours ou boulot ? Moi, je serai de retour pour 19 heures après avoir fait les courses. Je suis de ménage cette semaine, donc ce soir, toi, tu te relaxes, d'acc ?!! »

« Vite, vite, c'est jeudi, je rentre vite chez moi ! » Les colocs m'attendent pour notre soirée hamburger, brownies et café vanille fraise ; notre menu « fait maison » préféré, dégusté en pyjama one-piece en regardant un bon film.

« JB » traverse une période très difficile quand surviennent le décès de son père et très peu de temps plus tard la nécessité d'une opération très délicate qui va le maintenir alité et souffrant pendant plusieurs mois. Nous nous occupons de lui, lui préparons ses repas, proposons des soirées film, et ne manquons pas une occasion de le faire rire avec des histoires idiotes qui nous remplissent de gaité. Lorsqu'il nous appelle la nuit pour nous demander de l'emmener à l'hôpital parce qu'il souffre trop, nous nous y rendons tous. Nous avons passé des nuits blanches à l'attendre et l'accompagner. Dans cette colocation, nous prenons soin les uns des autres. Nous partageons beaucoup de moments. Nous ne nous contentons pas de nous croiser sous un même toit.

Je me délecte des nombreuses heures de discussion dans la cuisine, des soirées de rigolade, des repas partagés, des sorties en ville, d'anniversaires copieusement célébrés. En vivant avec eux, que je vois au réveil, en pyjama, les jours où ils vont moins bien, les jours où ils sont très heureux, dont je sens l'odeur au sortir de la douche, dont je capte les émotions, je m'immerge dans une famille et dans ce pays. Ils sont infiniment chers à mon cœur et je ne les oublierai jamais.

« G » a demandé « A » en mariage. En mai 2018 nous célébrons leur amour ! Dans les mois qui précèdent, nous vivons les préparatifs tous ensemble, de l'essayage de la robe de mariée à la création des décorations. Je suis honorée qu' « A » me fasse confiance en me demandant conseil sur le choix du lieu de la fête, sur le parfum du gâteau, les couleurs, le menu, la musique. Le jour du mariage, chacun sait ce qu'il a à faire pour que tout soit parfait. Je suis chargée de la mise en place de l'hôtel d'accueil des mariés. Sur la petite plage d'Oka, je ramasse des galets et des morceaux de bois pour créer l'allée d'honneur. « A » aime les fleurs et la nature, je veux lui offrir un décor qui reflète sa personnalité. Je place les chaises, dépose des fleurs, vérifie le cadre et l'angle pour les photos. Je suis émue de marier une femme qui m'est si chère. La fête se déroule en petit comité sur la plage, autour d'un barbecue. Quand la pluie nous surprend, nous enfilons rapidement un jean pour finir la soirée, danser, rire, boire.

Le bonheur est assis à notre table.

...

Les cours que j'ai suivis sont exaltants et si je le pouvais, je ne m'arrêterais jamais d'étudier. Je sais que la criminologie est une science reconnue et développée au Canada. Je compte sur les professeurs pour m'aider à accéder à des emplois ; les possibilités de carrière se dessinent plus clairement. Si j'ai tout donné pour faire ma place, si les postes sont nombreux, les candidats le sont aussi. Mon statut d'immigrée et mon manque d'expérience dressent deux obstacles majeurs. Je dois donc trouver une solution et commence à travailler en tant qu'intervenante jeunesse dans un centre communautaire qui encadre des migrants de quartiers défavorisés. La mission consiste à donner une colonne vertébrale à des jeunes en grande précarité, par un processus d'accompagnement et un programme sportif. Cette lutte contre l'isolement et le vagabondage dans les rues constitue un véritable système de prévention. Je n'exerce pas au cœur de la criminologie, mais je touche déjà à une de ses sphères. Surtout, j'exerce, pour mon premier emploi, dans la voie que j'ai choisie. Je me découvre capable de mettre en œuvre mes compétences professionnelles, appliquée à faire mes preuves, engagée à contrôler mon caractère. J'apprends à collaborer avec mes collègues et à communiquer.

Mon goût pour l'encadrement des jeunes et la dimension interculturelle éclot ; il va me conduire jusqu'en Tunisie et en Egypte. Plus tard.

...

Grâce à mes cours à Montréal, je fais la connaissance d'Estelle, une femme formidable qui travaille pour le Centre de Services de Justice Réparatrice et donne des cours de victimologie. Je comprends que la vie m'envoie un signe. Je deviens bénévole pour l'association et découvre le processus de « rendez-vous ». La démarche s'organise en trois étapes. Au cours d'un premier rendez-vous, le directeur et une représentante de la communauté reçoivent la victime. Le deuxième rendez-vous voit la rencontre de la victime avec un agresseur dont l'histoire est proche de la sienne. C'est le rendez-vous des récits croisés. Enfin, la dernière étape permet d'analyser les impacts de la rencontre pour chacune des deux parties.

J'ai patienté plus d'un an pour obtenir une rencontre. Mais en initiant la démarche, j'ai compris que j'étais prête à travailler sur mon histoire et je consulte une sexologue. Voilà comment, petit à petit, je commence à parler, à mettre des mots sur ce qui m'est arrivé durant l'enfance. C'est le début de la prise de conscience et du travail de reconstruction. Je brise le silence. Mes premières consultations laissent éclater ma colère. J'ai envie de me rendre à mon rendez-vous, j'angoisse d'affronter mon passé et je résiste à avouer que je suis une victime.

Pourtant c'est le cas, je suis victime d'un bouleversement physique et psychologique que je dois régler. Je pense devoir affronter la réalité pour ensuite être capable d'avancer.

Je me dis que j'aurais dû comprendre que je me suis structurée sur cette phase de ma vie. Au-delà de ma vie amoureuse difficile, j'ai décidé d'étudier le comportement criminel ; ce ne peut être un hasard ! J'ai même quitté mon propre pays pour faire carrière dans ce domaine. Finalement, n'ai-je pas tout quitté pour trouver des réponses ? Peut-être fallait-il que je mette de la distance avec ma famille et mes proches pour me retrouver moi-même, même si je les aime de tout mon cœur ? Je me suis toujours sentie différente des autres. Je suis touchée au cœur par les émotions. J'étouffe. Dois-je arrêter de faire confiance ? M'isoler au fond de ma carapace ? Je me le demande et aussitôt me rappelle que j'aime les gens, que je ne suis pas solitaire, que je ne me sens bien qu'en m'occupant et aidant les autres.

Avec ma sexologue, j'accepte la complexité et les contradictions de ma personnalité, je mets des mots sur mes émotions et mes interrogations. Je réalise aussi que je dois parler à ma famille de ce qui m'est arrivé, rompre le silence pour comprendre leur attitude.

...

Noël 2016, à Nancy. J'ai commencé à travailler sur ma blessure d'enfance. J'ai besoin de me ressourcer et je suis déterminée à faire face à la réalité.

Je demande à maman de nous rejoindre, moi et Margaux, au salon, car j'ai des choses importantes à dire. Je lui annonce d'abord que j'ai mis en route un suivi psy pour ce qui m'est arrivé durant ma jeunesse. J'ajoute que j'ai besoin qu'elle m'éclaire de ses propres souvenirs et de sa vision pour comprendre et avancer. Ai-je effectivement dénoncé les faits ? Que s'est-il passé ensuite ? Pourquoi ne m'en a-t-elle jamais reparlé ?

« Pourquoi me demandes-tu tout ça, Hélène ? Je ne comprends pas pourquoi tu es si affectée après tant d'années. Tu m'accuses de n'avoir pas bien agi ? Parce que ce jeune idiot a voulu « jouer au docteur » ? Mais dès que tu m'as parlé de cette histoire, je lui ai demandé de ne plus revenir ! Cela prouve bien que je t'ai crue ! Cela ne te suffit-il pas ? »

À ce moment précis, je comprends plein de choses. Maman n'a pas parlé à papa, elle a simplement demandé à « F » de ne plus revenir. Elle a mis fin aux événements. Je suis donc crue, mais pour un jeu un peu malsain, un incident mineur. Aucune gravité. Aucune conséquence.

Je comprends mieux désormais pourquoi je n'ai jamais rencontré de psychologue. Dans un sens, je me sens soulagée, mes parents ne m'ont pas abandonnée, ils ont écarté le danger, mais d'un autre côté, je suis triste qu'ils n'aient pas compris la gravité réelle des actes commis par « F » et des impacts sévères et durables.

Je conclus que je n'ai ni la même vision ni la même sensibilité sur les événements que mes parents. Je vois aussi que j'ai pris les choses en main, aussi jeune étais-je, j'ai osé parler, j'ai réussi à dénoncer, je me suis sauvée moi-même du mal qui m'habitait. Je dois accepter qu'ils n'aient pas vu le mal, qu'ils aient été naïfs. La relation particulière qui nous unit prend sens, entre le besoin d'être proche d'eux et celui de la distance et de l'indépendance qui me protègent. Je peux leur pardonner. Je peux maintenant chercher mes propres réponses et abandonner une à une les pièces de l'armure qui me couvre.

...

Estelle cherche longtemps un ex-détenu qui a commis des actes similaires à ceux que j'ai vécus et elle trouve « C ». Le processus va se dérouler en ses trois étapes.

Dans un premier temps, je suis seule face à Estelle, au directeur de l'organisme et à une femme de la communauté présente en qualité de citoyenne, invitée à comprendre le phénomène criminel et les deux réalités, les deux visions du criminel et de la victime.

Durant, une heure trente, je raconte mon histoire. Pour la première fois de ma vie, je me livre à des inconnus. Je crée un lien de confiance et de confidence avec eux. Je me surprends à parler ouvertement, sans larmes. Ils m'écoutent et me posent des questions. Au-delà de ce travail d'accueil de ma révélation « publique », mes encadrants deviennent capables de m'accompagner le jour de ma rencontre avec « C ».

Suis-je prête à poursuivre la démarche ? Est-ce que je me rends compte du courage dont je fais preuve ? Me suis-je déjà confiée à ma famille ou à des proches ? Suis-je toujours d'accord pour parler avec « C » ?

Estelle et le directeur m'expliquent très en détail le déroulement de la rencontre à venir. Chacun racontera son histoire et formalisera les objectifs qu'il se donne suite à cette rencontre. Un second rendez-vous avec « C » nous permettra d'évoquer ensemble les impacts que notre discussion a sur notre quotidien et de vérifier si nos objectifs sont atteints.

Ça y est, c'est le jour J. Je vais rencontrer « C ». Je suis angoissée. J'ignore comment je vais ressentir les choses et comment je vais réagir. Le trajet en métro me semble interminable. J'ai peu mangé et beaucoup fumé. Devant la porte du CSJR, je prends une grande inspiration et monte les escaliers jusqu'à la salle de rencontre. Je ne me sens pas très bien, mais je dois le faire. C'est un pas vers ma reconstruction. La petite salle est juste là. Le directeur, Estelle et la femme de la communauté sont déjà assis sur les chaises installées en cercle de façon à faciliter les échanges. Je les reconnais. Je remarque aussi un inconnu, assis, le regard anxieux. Il attend ma venue. C'est « C ». Il est là... Il n'a pas annulé, n'a pas reculé. Je sens une bouffée de chaleur m'envahir, mon souffle se coupe, je dis bonjour poliment, mais très vite je me dirige à la toilette. Je dois quitter cette salle juste le temps de remettre mes idées en place et prendre une grande inspiration. Quand je reviens, je fais face à un jeune homme, Canadien d'une trentaine d'années, grand et fin, au physique banal, enroulé sur lui-même, penaud, triste et le visage marqué par la vie. Comme il est loin de l'agresseur pervers, du bad boy de quartier tatoué, du monstre violent. Nos regards se croisent. Une atmosphère très étrange et silencieuse s'installe. Le directeur du CSJR brise la glace, nous présente et expose le déroulement de la séance.

Je ne me souviens plus très bien, mais je crois que « C » est le premier à prendre la parole. Je l'écoute attentivement. Il n'est pas fier de ses agissements, gêné, triste, tourmenté, il recherche la résilience, le pardon. Il vit en couple depuis quelques années avec une femme qu'il aime. Ils habitent ensemble avec la petite fille de cette femme, âgée de 6 ans. Il établit un bon lien avec la fillette, tout se passe bien au début. Avec le temps, il sent de plus en plus l'envie de se connecter à des sites pédophiles, de regarder des films pornographiques. Il précise clairement qu'il n'aime pas ce qu'il fait, que « c'est mal » et de plus, contraire à la morale chrétienne que lui a transmise sa famille.

Je sens son malaise. Il sait qu'il a mal agi et qu'il est incapable de lutter contre ses pulsions malsaines. Il a l'air si triste et honteux. Son témoignage me fait ressentir de l'empathie, je suis très touchée. Il ne voulait pas lui faire de mal ni la blesser. Il a agi, il ne s'en remet pas, il est plein de remords et désire aider quelqu'un à surmonter un traumatisme provoqué par ces agressions. Il continue son histoire. Au fil du temps, il se surprend à regarder la fillette, son petit corps l'attire vraiment. Il lui demande de porter certains vêtements et goûte le plaisir de la caresser, de l'embrasser. Il ne veut pas exercer de violence, pas de brutalité, mais partager une tendresse inexplicable et satisfaire son attirance. Il ne cesse de répéter qu'il sait que c'est mal et qu'il ne faut pas que cela se passe, que cela doit cesser avant que les actes ne deviennent trop déplacés.

En l'écoutant, je me sens si proche de lui. Son histoire est tellement similaire à la mienne. Deux hommes adultes qui ressentent une attirance pour une fillette et qui développent une sorte de relation affective avec elle. Un amour déplacé, inapproprié et destructeur, mais dénué de domination, de violence. Une attirance sexuelle et émotionnelle sincère qu'ils ne contrôlent pas. Cela peut paraître fou à entendre, mais en écoutant « C », je comprends son mode de fonctionnement et je ressens sa détresse. Cela n'excuse rien, mais rend les actes clairs. Je ne trouve pas les mots pour définir ce qui vient à ma conscience. Pas de scène violente, atroce, de lieux dégoûtants, mais de l'affection, de la douceur. Je pense que cette étrange relation impacte encore aujourd'hui mes relations physiques. Enfin je crois.

Il explique qu'il veut que cela cesse et il est incapable de le dire à quiconque. Alors il laisse volontairement les pages pédophiles et pornographiques de l'ordinateur ouvertes, en espérant que sa conjointe les trouvera et déclenchera une discussion. Quand cela arrive enfin, il se livre à la police de lui-même. Il sait qu'il a un problème et qu'il doit s'éloigner de la fillette pour la protéger. Ainsi, il est capable d'un comportement protecteur ! Je suis émue, pleure, bouleversée de découvrir qu'une part de lui fait preuve de gentillesse dans cette histoire sordide. Je ne veux pas ressentir de sentiment négatif envers lui comme envers mon agresseur ; je recherche la paix de l'esprit, je veux me libérer d'un poids. Pas de procès, pas de débat, pas de crise, pas de dénonciation publique destructrice, juste un travail, un pardon, une reconstruction, un apaisement, un soulagement.

Je suis construite ainsi, on est tous différents, moi je crois au bien. Le mal, la colère sont destructeurs pour l'individu. Si je suis attirée par la criminologie c'est exactement pour cela, pour comprendre l'individu, pour comprendre le passage à l'acte et pour définir comment l'aider à avancer de manière adaptée. Le jugement, l'exclusion, l'isolement ne résolvent rien.

Il a fini de poser des mots sur ses actes, les larmes aux yeux. Il pleure, il a honte et s'excuse en me fixant du regard. Des frissons m'envahissent. Un agresseur se livre à moi sans aucune limite et je suis face à lui, complètement émue, touchée, triste, assaillie d'émotions fortes. Je ne contrôle plus rien. C'est très fort.

Le directeur du CSJR reprend la parole et propose de faire une pause pour permettre à chacun de respirer un peu. Je sors fumer, je suis toute chose. Ce que je viens de vivre est inattendu. Ce que je ressens est indescriptible.

La séance reprend et Estelle m'indique que c'est à mon tour de partager mon récit. D'accord. D'accord. Je me lance. Je suis une victime et je ne veux plus le garder au fond de moi. Je sais que j'ai bien fait de faire la démarche, que je vais en ressortir forte et une femme autre.

Je sèche mes larmes, frotte l'une contre l'autre mes mains moites. Je remercie « C ». Merci d'être à mes côtés pour me permettre de verbaliser et laisser mon corps extérioriser mes sensations. Je vois ton malaise, ta honte et cela m'aide à penser que mon agresseur peut lui aussi être très affecté par ses agissements. Je peux admettre qu'il ne voulait pas me détruire. Cette idée me soulage et m'apaise.

Pour la première fois, je ne suis plus en train de raconter mon histoire, je suis "dedans", je la vis, mon corps en est tout bouleversé. Que c'est intense ! Je ne m'y attendais pas, on entre dans ma carapace, mon espace intime. Quand je raconte mon histoire, je suis déconcertée de réaliser la similarité des faits. Le même contexte, nous avons vécu en quelque sorte une situation identique, mais dans des rôles différents, lui celui de l'agresseur et moi celui de la victime. Au fur et mesure que je décris les faits, je le sens attentif et gêné de réaliser l'impact de ses agissements. Il savait que son acte était intolérable, mais à m'entendre, il en mesure la gravité. Il pleure, il subit mon récit, mais il ne m'interrompt nullement. Il boit mes paroles et tente de digérer la lourdeur de mes propos. Une sorte d'atmosphère empathique prend place.

Les trois autres personnes présentes se contentent de m'écouter sans dire un mot. Dans ce silence lourd et épais, éprouvant, à ce moment précis, je sais que je suis officiellement une victime aux yeux de la société et de mon agresseur. Je prends conscience de ce que j'ai vécu, de ce que j'ai traversé, de ce que je suis. Je suis certaine que le silence que j'ai gardé pendant de si longues années, ce silence qui devait me protéger, n'a fait que masquer ma blessure, la creuser même et l'empêcher de guérir.

Il n'a plus sa place dans ma vie.

La directrice du CSJR me propose de participer à un atelier d'écriture, encadré par Véronique M., romancière montréalaise célèbre. Je vais vivre une tout autre expérience forte en émotions et rebondissements.

C'est dimanche, un jour que je garde en mémoire comme un jour de lumière. Véronique nous accueille ; nous sommes douze victimes autour d'elle qui va nous conduire à écrire une lettre. Je ressens un coup de cœur immédiat pour cette jolie brune au regard noir et au large sourire et lui donne ma confiance. Nous commençons par différents exercices d'écriture qui nous délient la plume, en douceur. Puis vient le temps d'écrire notre lettre. A qui l'adressons-nous ? Que disons-nous ? Quels sentiments allons-nous exprimer ?

Je m'allonge sur le sol et pose mes écouteurs sur les oreilles. Coupée du regard des autres participants, coupée de leur présence, je suis face à moi-même. Les mots arrivent lentement. Je réalise au fur et à mesure que je me parle à moi-même, à l'agression qui vit en moi comme une colocataire. J'écris une lettre de résilience, de soulagement, d'espoir pour mon avenir. C'est en quelque sorte une phase de reconstruction aussi. Je suis fière et émue de réussir à poser des mots sur le papier.

Fin du silence.

A la lecture de mon texte, le groupe semble si ému que j'en suis bouleversée moi-même. Les larmes me montent aux yeux. J'ai conscience d'avancer, de me créer.

Fin du silence.

Au terme de cette journée, Véronique M. nous propose de nous retrouver la semaine suivante, pour une lecture publique en librairie. Bien évidemment que je veux y aller ! Je suis très chanceuse, car mes amis sont présents pour me soutenir. Je suis en totale confiance, je me livre à eux comme un livre ouvert. Mon agression fait partie de moi, je ne le cache plus et cela me rend fière.

Fin du silence.

...

Lettre à ma colocataire

Il est temps de poser des mots sur notre relation si particulière, mais je ne trouve pas la manière juste de le faire... Comment réussir à exprimer cette invasion d'émotions plus intenses que les autres dans l'espace d'une lettre ? Cet exercice réveille en moi la frustration, la perte de contrôle, la confusion...

Unies depuis mon plus jeune âge, je ne réalise que maintenant que tu fais partie de moi. Tu es en moi. Tu es le pilier de ma construction en tant que femme. Ton odeur, tes mains, ta respiration. Il me suffit de fermer les yeux et tu es là. Le temps n'y fera rien. Mon corps et ma tête sont tatoués de ces sensations à jamais. À quoi bon lutter et te combattre ? Je suis mieux d'apprendre à cohabiter avec toi, devenir une colocataire à part entière et oublier cette oppression si profonde.

Mais c'est là que tout se complique. En règle générale, vivre avec quelqu'un est à l'origine d'un choix, mais toi tu t'es imposée à moi. Je n'ai pas eu mon mot à dire sur ta présence dans ma vie et sur ses impacts. Tu as posé tes bagages dans ma chambre, dans mon lit et tu as commencé petit à petit à entrer dans mon intimité. Je savais que cette tendresse entre nous était malsaine. Le malaise, les pincements au cœur, les respirations hâtives à chaque fois que tu venais me border... Je suffoque. Je *dois stopper cette intrusion, interrompre ce silence, mettre fin à cette affection déplacée !*

Après avoir trouvé le courage de te dénoncer, le soulagement a laissé place à l'effondrement. Je pensais qu'après ton départ je serais libérée, mais je me trompais. La colocation psychique ne cessera jamais... Je suis désormais construite avec ton souvenir et les conséquences de tes actes sur mon corps et dans mon être... Je réalise que nous ne faisons plus qu'un... Tu es partie et je dois me reconstruire avec ce vide en moi, la trace indélébile que tu as laissée sur moi.

Notre relation donne lieu à l'isolement, l'incompréhension et la distorsion. Toute mon identité est déséquilibrée. Je suis comme une feuille de papier froissée dont les plis demeurent. Du temps il va m'en falloir pour réussir à me remettre de cette fusion entre nous deux. Mais depuis le jour où je t'ai prise sous mon aile, ma structure émotionnelle et fonctionnelle se replace doucement. J'ai pris le choix de vivre à tes côtés et je suis certaine que nous finirons par bâtir une relation saine toi et moi. Ton emprise sur moi se transforme en une cohabitation sereine.

Sur ces quelques mots, je laisse mon joli mouchoir s'envoler à la rencontre de belles histoires.

Bien à toi, ma chère colocataire.

Hélène

Je l'ai fait ! J'ai lu ma lettre. J'ai dénoncé ma colocataire publiquement. Ce faisant, j'ai définitivement pris ma place de victime et affirmé ma volonté de me libérer. Dans ce soulagement délicieux est né un désir nouveau, effrayant et enthousiasmant, celui d'écrire.

Au verso du papier glacé

Voilà quatre mois que « V » m'a quittée et que nous continuons à cohabiter pour des raisons matérielles. Cette fin d'année 2017 me voit émotionnellement en chute libre. A ce moment très précis, papa reprend doucement le contact, ce qui dépose un baume de douceur sur mon cœur en miettes. Je ne lui ferme pas la porte. Nous échangeons depuis de nombreux messages. Nos liens se réparent. Tout naturellement, j'accepte son retour à mes côtés. A distance bien sûr parce que je demeure au Canada et qu'il vit en France. Des messages, petit à petit, puis un appel et un jour il me propose de venir à Montréal. Nous pourrions par la suite aller rendre visite à Margaux, en Colombie-Britannique et comme je me sens incapable de prendre l'avion pour revenir en France, il sera là pour m'accompagner. Sans trop réfléchir, je me laisse porter par un grand « oui » de petite fille meurtrie, juste disposée à recevoir son papa. Nous allons passer une dizaine de jours ensemble, emmagasiner de nouveaux et jolis souvenirs, beaucoup discuter et échanger de l'amour. Je l'espère très fort.

La nuit qui précède son arrivée, je me sens toute chose. Je crois au bienfait d'enterrer la hache de guerre, mais cela fait si longtemps que nous ne nous sommes pas vus. Il a manqué presque dix ans de ma vie, de mes 20 à mes 30 ans, une partie de vie si riche. Je ne suis plus la jeune demoiselle encore à la faculté, je suis la trentenaire expatriée au Canada et qui exerce une profession qu'elle aime tant, intervenante socio-éducative. Plusieurs voyages, plusieurs déménagements, diverses expériences professionnelles, j'ai tant changé... comment vont se passer nos retrouvailles ?

Je me souviens très bien ce moment précis à l'aéroport de Montréal à chercher à travers les passagers, l'homme qui est mon père. Soudain, je l'aperçois sans aucun doute c'est lui. Il est là... mon cœur se crispe, mon ventre se tord, ma gorge se noue, mes pieds avancent machinalement vers lui. Il me serre dans ses bras. Le silence demeure...

Heureusement, une amie canadienne est avec nous à l'aéroport, elle facilite les échanges et limite les blancs malaisants. Au fil de la journée l'atmosphère se détend et nous arrivons à échanger de tout et de rien. Pendant une petite semaine, je lui fais visiter Montréal ce qui me permet de l'apprivoiser et d'avoir des objectifs quotidiens pour faciliter les échanges. Je lui montre mes quartiers préférés, lui fais boire mon café vanille française du Tim Horton que j'aime tant, je lui présente mes amis, lui montre mon lieu de travail. Une sorte de visite guidée de la vie de celle que je suis devenue. A chaque pause-café ou repas, des sujets plus profonds reprennent le dessus. Nous abordons de nombreux sujets plus difficiles, pour lesquels nous devions rompre le silence.

Arrive le jour de notre départ pour la Colombie-Britannique où Margaux, qui a quitté le Canada avec son sac à dos pour un long road trip, vit depuis plusieurs mois. J'ai très envie d'aller la rejoindre. Elle me manque beaucoup depuis une année qu'elle est partie, après trois ans d'expatriation vécus côte à côte. Pour clôturer le voyage, Margaux va aussi vivre des retrouvailles avec papa à qui elle n'a pas parlé depuis bien longtemps. J'aime aussi beaucoup l'idée de visiter cette nouvelle région.

Des forêts à la végétation aride, l'océan Pacifique bordé de sapins, les maisons colorées, les villages de pêcheurs, les totems, le quartier chinois, les dispensaires de marijuana. Cette région de l'Ouest canadien me conquiert par sa beauté, ses couleurs et la diversité de ses paysages hésitant constamment entre mer et montagne. La population est si accueillante et si gentille, sans oublier son accent si prononcé qui me fait tant rire ! J'ai bien évidemment failli mourir sur place en mangeant un plat contenant de l'arachide...

Les moments de détente et les moments de discussions profondes s'enchaînent. Nous revisitons nos souvenirs d'enfance et nous créons des souvenirs tout neufs. Nous nous racontons toutes ces années passées loin les uns des autres.

...

6 juin 2018, je suis dans l'avion. Je rentre à Nancy. Je passe l'été en France, ma source, mes racines. Je veux me reposer, réfléchir au sens donné à ma vie, mettre en mouvement ma nouvelle « moi ».

Mais l'arrivée à Nancy est mouvementée. M'installer, voir ma famille, mes amis, faire toutes les démarches administratives, gérer les questions d'emploi et de santé. Après une semaine intense, à voir beaucoup de monde, à enchaîner les activités, je me lève en pleine crise d'angoisse, épuisée, vidée. Incapable de ne rien faire, hormis me laisser envahir par une immense tristesse. Je pleure, mon cœur bat la chamade, une folle pression m'écrase. Je ne comprends pas mes sensations. Je retrouve le sourire, je passe de très bons moments, mais je souffre toujours. Je sens que mon corps me lâche. Me donne-t-il un signe ? Que dois-je comprendre ? Est-ce mon enfance qui refait surface ?

Ma relation avec « V » a été destructrice et je ne suis plus capable de me relever. Je suis à bout. Je me suis détruite par amour, dans l'illusion d'un futur radieux à ses côtés. Maintenant qu'il m'a quittée, mon corps et ma tête ne se retrouvent plus. On ne cesse de me dire de me reposer et de me recentrer, mais c'est plus facile à dire qu'à faire !

Des questions m'assaillent, me renvoient sans cesse aux abandons de mon père et de « V » et me laissent sans réponse. Dois-je continuer à vivre au Canada ? Mon corps et ma tête le pourront-ils ? Dois-je reconstruire ma vie ici ? Pourrai-je un jour refaire confiance à un homme ? Vais-je cesser de répéter mes erreurs ? Peut-être au final que mon corps s'effondre parce qu'il est épuisé de lutter face à ses émotions et frustrations. Pourquoi ai-je, dans mes relations amoureuses, toujours un rôle de maman ? Pourquoi est-ce que je manque tant de confiance en moi pour me laisser enfermer ainsi ? Je veux toujours bien faire, être « la bonne fille », et pour autant je ne trouve pas un homme en qui faire confiance. Puis-je être heureuse, rire, tout partager, me sentir aimée, admirée ? Où est celui qui me fera des surprises ? Me cajolera ? Où est celui pour qui mon caractère de leader ne sera pas source de conflit et de concurrence ? Je veux pouvoir lâcher prise, ne pas avoir peur de me laisser guider, ne pas tout organiser, être complice. Et si je n'étais tout simplement pas faite pour vivre en couple ? Je vais devoir me consacrer à ma carrière et ne pas attendre d'être comblée par un homme.

Mais je suis une femme pleine d'amour et j'aime aussi en recevoir ! Je désire simplement rencontrer un homme qui comme mes amis, m'aimera et m'apportera joie et bonheur.

Etouffée de tant de questions, je décide d'annuler ma journée, de me recentrer sur moi. J'inscris à mon programme sport, soleil, musique et bronzette. Rien de plus. Je ressens une grande fierté de savoir m'écouter.

...

Je reste perturbée par ma relation à l'amour, l'intensité de mes sentiments. Après une année, je suis encore meurtrie par ma relation avec « V », inapte à tourner la page. Je ne sais même pas comment je suis arrivée à cet amour si fort. Mais au fond, je crois que je devais rencontrer « V » pour apprendre à me connaître et me trouver enfin. Je ne me connaissais pas, je ne pouvais donc pas m'épanouir en couple. Je pensais que les sentiments suffisaient. En réalité la complicité et le caractère jouent beaucoup dans une relation. Il faut se connaître et savoir ce que l'on veut pour ne pas se perdre et se détruire. Il faut poser ses limites ; je le découvre lentement. Je suis sur la bonne voie. Je vais y arriver. Je prends conscience et je suis bien entourée. Ma famille et mes amis sont très présents pour moi. Ils croient en moi, leur regard est valorisant, cela me donne la force de trouver l'énergie de tout reconstruire ! Je ne suis pas seule comme je le pensais, je dois apprendre à accepter l'aide et le soutien de mon entourage, arrêter de me protéger de cet amour sincère qu'ils me portent. Je dois cesser de m'enfermer dans un univers clos où je ne peux m'épanouir. Je suis si bien quand je ressens ce bloc d'émotions positives si fortes. Une sorte d'attachement à ces dernières qui réveillent en moi les papillons dans mon ventre. La légèreté, le rêve, me sentir libre et heureuse. Que c'est agréable !

Je veux vivre mon été à fond, sans travailler, sans stress, juste vivre à fond et à mon retour à Montréal revoir les jeunes, mes colocs qui me manquent beaucoup, mes collègues. Faire ce que je fais de bien. Être avec les enfants et tout leur donner, mon amour, ma passion. Continuer le sport, suivre des cours de danse, prendre soin de moi, oublier petit à petit « V » et recommencer à zéro. Une nouvelle vie à Montréal pleine de bonheur. Un nouveau départ. Je veux être dans l'avion, exactement comme il y a cinq ans, euphorique à l'idée de conquérir le Canada et vivre une expérience de fou. Reprendre ma vie en main, ne plus jamais laisser personne me diriger, me faire du mal. Je veux vivre de belles choses, profiter et passer du temps avec mes neveu et nièce, ma meilleure amie Tiff, ma perle latina, regarder des séries en mode sushi avec « JB », manger du brownie avec papa « G », discuter des heures avec « A », ma sœur de coloc, m'entraîner avec ma belle « AA », niaiser avec Sonic et

Moka, fumer ma cigarette avec Brioche. M'épanouir simplement, sincèrement, me concentrer sur mon projet d'écriture, ouvrir mon centre d'hébergement pour les jeunes. L'amour n'est plus ma priorité.

Je ne veux plus rencontrer quelqu'un de sérieux pour éviter de m'éloigner des objectifs de vie que je me suis fixés. Désormais je reprends le contrôle de ma vie. Je n'ai plus de temps à perdre, je ne veux plus laisser l'amour me freiner dans mon ascension professionnelle et personnelle. Place au positif maintenant et plus au négatif.

...

Cet été m'apporte une belle aventure avec « A », une vraie découverte de moi-même et la renaissance de mes émotions.

Je prends le train pour rejoindre mon amie Émilie à son cours de Salsa au Luxembourg. Je décide de m'acheter un jus de légumes dans une petite épicerie de la gare et tombe sur « A ». Nous avions vécu une belle histoire sept ans plus tôt. À l'époque, il est joueur de football à Nancy. Je l'apprécie parce qu'il est différent des autres joueurs. Il est intéressant et ne cherche pas uniquement à s'amuser avec les filles. Lorsque je pars à Aix-en-Provence, nous décidons de vivre notre couple à distance. Je crois très fort à ce choix et, heureuse, je fais de mon mieux pour que notre histoire fonctionne. Malheureusement, « A » ne m'a pas suivie. La distance nous a éloignés. Son projet professionnel lui prend beaucoup de temps et je n'y ai pas ma place. J'ai mis fin à notre relation avant de souffrir plus.

Quelques heures plus tard, je suis au cours de Salsa de mon amie. Après, nous irons danser. J'adore danser, surtout sur les rythmes latinos ou africains. Je me sens si bien au bras d'un bon cavalier ! Pas de drague, juste le plaisir de la danse, de la musique, de l'harmonie des corps.

Je danse, je ris, je suis moi, bavarde, infatigable, détendue, libre.

Je réalise que si je suis en couple, je retiens mes gestes, mes mots, mon énergie, ma bonne humeur. Pourquoi ? Je ne saurais le dire. Pourtant, je dois bien être capable d'être moi-même dans une relation amoureuse !

Cette belle soirée m'a libérée, je me suis amusée sans excès. J'ai laissé le plaisir s'exprimer, j'ai pleinement ri, dansé et savouré la musique. Et je me suis prouvé que mon caractère s'était affiné avec le temps. Je suis rassurée, je travaille fort et je constate mes progrès.

Le lendemain est encore une belle journée partagée avec Emilie. Nous nous levons tranquillement ; nous abordons notre journée sans horaire, sans stress, juste dans la simplicité. Je ressens un bien fou... Je rentre à Nancy chargée de belles ondes, joyeuses et fortes.

Quelque temps plus tard, « A » m'écrit et nous nous revoyons place Stan. Après ces sept années de silence, nous nous parlons avec beaucoup de facilité. Il s'intègre à mon groupe d'amis très simplement. A deux heures du matin, quand tout le monde rentre chez soi, il est toujours là et me propose de marcher. Nous accordons nos pas et parlons jusqu'à sept heures du matin. Il s'intéresse à la numérologie, aux énergies du corps ; je trouve ces sujets très intéressants. Il dégage une sorte de sagesse. Il est doux, gentil, intelligent, il m'écoute. Je découvre qu'il m'apprécie beaucoup. Il a une façon de me décrire et de me regarder qui me perturbe. À ses yeux, je suis curieuse, souriante, dynamique, intelligente. Je suis différente et de moi émane une « aura éblouissante ». Je ne sais pas si je ne la trouve pas un peu trop intense, mais à la fois ces mots me sont très agréables. Il dit qu'il savait qu'un jour on se reverrait.

Il m'encourage à rester moi-même et à trouver qui je suis. C'est étrange cette proximité, cette confidence si rapidement établie. Je ne sens pas de drague ni de flirt, juste un bel échange très agréable. Il souhaite me proposer une séance de méditation. Pour lui nos chemins se croisent parce qu'il va m'aider à me reconstruire. Toute cette spiritualité me questionne. Je me dis que l'expérience est spéciale à vivre ; elle l'est d'ailleurs à raconter, mais je suis curieuse et j'aime sa présence. Après le massage chinois et la méditation, je sens son corps se rapprocher de moi, tout en douceur. Mon corps qui était bloqué depuis ma rupture tout à coup lâche prise.

Pour la première fois de ma vie d'adulte, je ne suis pas à la recherche d'un homme avec lequel faire couple, mais de quelqu'un qui m'aide à avancer, à me débloquer et à me redonner confiance en moi. Le fait d'être à Nancy pour deux mois me facilite la tâche. Pas la peine de s'attacher puisque je vais repartir.

...

Je rentre à Montréal au mois de septembre 2018. Je retrouve mon emploi avec plaisir. Je suis en grande difficulté avec l'immigration, mais je me blottis dans la colocation qui m'a accueillie à la suite de ma rupture. J'adore cet endroit et surtout les amis, la famille que j'ai créée avec mes colocs. Depuis mon retour de France, c'est en quelque sorte mon pilier, ma stabilité. Et soudainement, j'apprends que ma famille canadienne souhaite que je quitte le logement. Nous t'apprécions, disent-ils, mais « JB » a besoin de retrouver de l'espace. Tu as un mois pour partir. Je m'insurge : je pensais que nous étions bien tous ensemble ! Que nous allions continuer cette colocation longtemps. Vous savez que je suis dans une galère financière et que je vais peut-être devoir quitter le Canada. Pourquoi me faites-vous ça ? Je suis sous le choc, mais je vais respecter votre demande. Je serai parti dans une semaine !

Je suis infiniment triste de me séparer de mes amis, j'ai peur de les perdre, d'être seule. Je suis frustrée d'être évincée, de subir. Je crains de devoir tout recommencer alors que je pensais avoir retrouvé ma bulle stable et infaillible. Je suis abandonnée. Je n'ai qu'un petit budget. Je me trouve face à la réalité de ma précarité. Dois-je tout quitter ? Le monde s'arrange-t-il pour me faire comprendre que je dois arrêter de me battre ? Ai-je vraiment ma place ici à Montréal ? Connaîtrai-je un jour la stabilité et la tranquillité ?

A toutes ces questions qui me troublent, j'oppose un flot de pensées positives. Tout d'abord, je comprends très bien « JB ». Il a besoin de son espace ; je l'accepte. Il est mon ami et je veux qu'il aille bien. J'ai déjà eu beaucoup de chance de vivre ici de longs mois. Je suis sans aucun doute capable de surmonter cette nouvelle épreuve. Je vais me prouver que je suis une guerrière. Je vais voler de mes propres ailes, m'assurer que je veux vraiment vivre ici. J'en suis capable.

Après une longue réflexion, je vais vivre le mois de décembre chez « N », une collègue du centre communautaire où je travaille, et son chéri. Ils sont adorables. Nous passons des moments délicieux. Je suis fière d'avoir pris cette décision et de n'avoir pas prolongé le malaise avec mes colocs. A Noël, ils ont tenu à me voir et nous avons partagé un moment réconfortant, digne de notre amitié si forte et si importante à mes yeux. Je suis heureuse d'avoir su la préserver.

Avec le recul, mon installation chez « N » fut une belle décision pour appréhender un premier départ en douceur avant un second et grand départ pour la France le 9 janvier.

...

Après quatre mois de ce retour au Québec, je prends la décision de quitter la belle Province. Je vais changer de vie et tourner une page. Une énorme décision à prendre qui me bouleverse. Je pars vers un inconnu total et qui m'effraie. Je ne me sépare jamais de mon petit cahier pour écrire. Sur les pages, je déverse mes émotions et ressentis quotidiens.

Vendredi ... plus que six jours avant mon départ définitif. Je suis toute bizarre. Je ne sais pas si je réalise vraiment que toute ma vie va changer. La semaine dernière je me suis sentie angoissée et stressée, mais je ne pensais qu'à la préparation de mon départ.

Quatre jours... Je contrôle la situation, je n'ai plus grand-chose à préparer. Je m'accorde un week-end pour me détendre et profiter de mes amis. Je sors danser le soir avec « AA ». Demain, j'irai voir Tiff et les enfants. Je passerai mon dimanche matin avec les petits et clôturerai avec une soirée film entre colocataires.

Un magnifique avenir me tend les bras.

C'est aujourd'hui. Le grand départ. Je me régale avec ma famille canadienne d'une poutine. Nous prolongeons le plaisir avec un café emporté dans le parc voisin. Sur le chemin de l'aéroport, nous sommes tous ensemble dans la voiture, chantant à tue-tête nos tubes favoris. Des photos souvenirs, un cahier d'écriture, un roman, de beaux cadeaux de départ... Et jusqu'au moment de l'embarquement, ils sont là à mes côtés. Des pleurs, des rires. Beaucoup d'émotions intenses en une seule journée. Dire au revoir à ceux qu'on aime dans le but de partir se reconstruire. Une drôle d'idée, mais c'est pourtant cela. J'aime le Québec, ma famille, mais je suis brisée de l'intérieur, complètement perdue et je dois me remettre sur pieds. Malheureusement, dans ma situation je ne peux avancer en restant à Montréal. Alors je pars pour quelques mois en vue de penser à moi, revoir ma famille, lâcher prise et retrouver ma force intérieure pour revenir construite et reprendre ce que j'ai commencé au Québec.

Sans nouvelles de « A » depuis le 19 décembre, je suis tourmentée. Je ne parviens pas à penser qu'il ne me mérite tout simplement pas, qu'il n'est pas correct avec moi. Je suis fière de moi lorsque je décide finalement de rompre plutôt que de laisser perdurer encore longtemps une relation qui ne me comble pas.

Carnets de Voyages

L'Afrique fait partie de moi depuis toujours. Mon avenir incertain au Canada contribue à nourrir l'idée de découvrir ce continent, d'aller y travailler. « Si tu aimes l'Afrique, vas-y ! » répète une petite voix dans ma tête.

Dans mes rêves professionnels les plus audacieux, je monte mon propre centre pour les jeunes en Afrique. Agir au cœur d'une société culturellement opposée à la mienne est un magnifique défi et un geste de solidarité internationale qui me tient fortement à cœur. Mais avant de me lancer sur un tel projet, je dois d'abord m'installer, découvrir le pays dans lequel je me sentirai le mieux et qui nécessite mon soutien. Je sais aussi que je dois prendre le temps de conduire une étude de marché, refréner mon enthousiasme pour une entreprise plus sûrement bercée par l'émotion que par la raison. Les questions financières, culturelles et d'adaptabilité sont des pierres angulaires de cette belle aventure à naître ! Je dois analyser finement la situation et affuter mon caractère pour avoir la force de mener mon projet jusqu'à son terme.

...

Mon chemin vers l'Afrique va passer par la France où je me ressource pendant un mois puis par le Guatemala où je passe quinze jours avec mes sœurs et nos sacs à dos.

Nous sommes toutes les trois très différentes, le divorce de nos parents a fait éclater la bulle familiale, mon départ au Canada a continué à nous éloigner. On ne choisit pas sa famille, mais, quelle qu'elle soit, elle est notre socle, notre repère. La séparation de mes parents a mis à mal la construction de ma personnalité. J'ai pris le parti de ma mère, j'ai quitté la maison et n'ai plus parlé à mon papa. Ces choix ne sont pas sans violence, malheureusement. Margaux a fait les mêmes choix que moi, tandis que Jeanne, la cadette, est restée proche de nos deux parents. Elle n'a pas compris nos décisions et, sans jamais vraiment nous en vouloir, elle a beaucoup souffert. Avec mon installation au Québec, nous nous sommes privées de tout ce qui faisait notre relation. Quelle bêtise nous avons faite ! Je me rends compte que ma famille, mon sang, ne sait plus rien de moi, de ce que je vis, de ce que je pense et ressens. J'en suis attristée. Je vois Margaux, elle aussi au Québec, mais nous ne nous comprenons pas toujours. Avec Jeanne j'entretiens une correspondance banale et superficielle. Je la vois devenir femme, mais de très loin. Jeanne vit mal ma réconciliation avec papa, ce qui me déstabilise beaucoup.

L'héritage reçu de ma grand-mère est une chance formidable de voyager toutes les trois. Quand mes sœurs acceptent ma proposition, je suis aux anges ! Nous choisissons le Guatemala, ce qui permet à Margaux de nous rejoindre en partant du Mexique, tandis que Jeanne et moi partirons de France ensemble. Ce voyage va être à la fois un moyen de nous ressourcer entre sœurs après toutes ces années, mais aussi de nous pousser dans nos retranchements parce qu'un tel périple, en sac dos, est pour nous une toute nouvelle expérience ! Vivre loin de notre environnement naturel pendant 15 jours, ne pas planifier, prendre en considération les besoins spécifiques de chacune. Un vrai défi que j'ai hâte de relever !

...

Tout commence le 12 février 2019, en direction de Paris. Jeanne est un peu stressée, car c'est la première fois qu'elle voyage seule. Je tente de la placer dans un environnement rassurant. Je réalise que nous ne nous connaissons pas si bien pour que je sache comment l'apaiser. De longs silences, des regards indéfinissables ... S'apprivoiser ne sera pas simple. Mais je ne sais pas comment l'expliquer, je suis confiante, sûre de notre envie partagée de recréer notre relation de sœurs en dépit des efforts et du temps qui seront nécessaires pour y parvenir. La volonté de rebâtir notre famille brisée et de progresser dans une sphère affective saine et sereine nous unit. Au revoir la frustration, l'incompréhension, la tristesse. Nous entamons un grand cheminement vers une paix de l'esprit. En juin 2018, mon père est revenu dans ma vie et maintenant ce sont mes sœurs. Mon cocon familial reprend sa place ; je me sens si légère.

Arrivées à Guatemala City, nous retrouvons Margaux dans une auberge de jeunesse. Cette image restera à jamais gravée dans ma mémoire. Elle est assise sur un petit canapé, tout au fond de l'auberge, nous sommes à l'entrée. Quand je l'aperçois, quand nous sommes toutes les trois réunies au même endroit, à ce moment précis, des frissons traversent mon corps de part en part. Elle nous voit, s'avance vers nous et une vague d'émotion parcoure la pièce, des ondes d'amour. Nous nous serrons dans les bras, un véritable événement pour mes sœurs qui n'aiment pas les câlins !

Le lendemain matin, nous planifions notre périple autour d'un excellent petit-déjeuner. La bonne humeur est au rendez-vous. La chaleur douce et la lumière limpide amplifient la sérénité de ce moment.

Durant ce séjour, j'ai réappris à parler avec mes sœurs. Nous nous sommes raconté des souvenirs ; nous en avons créé de nouveaux. J'éprouve un sentiment de soulagement.

Je suis rentrée du Guatemala il y a trois jours et je dois presque aussitôt partir pour la Tunisie où un travail m'attend. Durant ces trois jours, je suis bien à Nancy avec amis et famille. J'ai besoin d'un peu de temps pour digérer mon voyage avec mes sœurs et pouvoir poser des mots sur cette magnifique aventure.

Le Guatemala m'apporte un enrichissement humain à travers son peuple qui m'impressionne, un enrichissement personnel en raison des conditions qui m'obligent à repousser mes limites (pas de douche quotidienne, pas d'intimité, beaucoup de transport, des changements constants) et un enrichissement affectif avec le lien que nous retissons entre sœurs.

Nous partageons la même douleur infligée par la rupture de nos parents et en même temps, nous sommes très différentes. Je découvre que Jeanne est pudique, réservée et également très travailleuse. Elle sait écouter. Margaux n'est pas du matin ! Je crois qu'elle a besoin de s'isoler. Elle défend des causes qui la touchent, particulièrement celle de la nature. Quant à moi, active, dynamique, passionnée, incapable de rester calme, j'ai besoin de moments de solitude pour peu qu'ils ne durent pas trop longtemps ! Nous sommes trois femmes indépendantes, dynamiques, très actives qui de pareille façon dissimulons notre force par amour pour les hommes de nos vies.

J'apprécie ma capacité à être indépendante et disposée à accepter une opportunité professionnelle sans frein affectif. Je suis si fatiguée d'éprouver des sentiments forts envers des partenaires qui finalement me décevront. Désormais je me concentre uniquement sur moi. Ne plus attendre des autres pour recevoir l'amour, l'affection, la sérénité, tous bienfaits qu'il sera douloureux de perdre par la suite. Je suis on ne peut plus prête à vivre à fond et ressentir des émotions positives !

Mon corps va en décider autrement.

Peu avant mon départ, je fais la connaissance de « R », un homme de 34 ans, installé, deux emplois, une vie posée, un appartement rangé. Il est organisé, intelligent, indépendant, développe ses affaires et ses finances. Je rencontre pour la première fois un homme stable et établi. Cela m'intéresse beaucoup.

On se parle durant de nombreux jours avant de se voir. Deux cafés chez lui sans se toucher, juste à parler. Durant mon séjour au Guatemala, on échange beaucoup. Je suis toute perturbée. Il me plait et la réciproque est vraie. On se voit à mon retour. Deux belles soirées films et à dormir ensemble. Il est doux, charmant et galant, je ne suis pas habituée. Il est spécial et je crois que cela fait tout son charme. C'est une rencontre inattendue, pour me distraire, me prouver que je peux encore plaire.

Et voilà que je me déçois moi-même. Je ne voulais plus d'homme et je laisse « R » entrer dans ma vie. Je retombe dans l'éternel schéma !

…

Lorsque j'arrive en Tunisie, je ne sais à quoi m'attendre, exactement comme lors de mon débarquement à Montréal. En fait, je suis une vraie aventurière ! Je suis tout de suite dans l'ambiance : le vol est en retard et je m'aperçois que le directeur de l'école ne m'a donné que très peu d'informations. Tout est complètement flou. C'est déconcertant, mais heureusement Emilie, installée depuis le mois de septembre dernier, m'accompagne.

La première semaine, je suis perdue et épuisée.

Tout d'abord, « R » commence à prendre tranquillement ses distances, sans mettre aucun mot sur son absence. Je ne comprends pas. Je déteste cette sensation. J'ai besoin de comprendre, de savoir. Je suis déçue et fâchée contre moi. Je suis tombée dans le panneau encore une fois. « R » recule face à mes choix professionnels. Existe-t-il un homme qui saura m'aimer au point de m'attendre ou de me suivre à l'étranger ?

A mon retour à Nancy, nous aurons l'occasion de parler. Il m'aime bien et sait qu'il aurait dû être plus clair, mais à ses yeux, je ne suis pas assez stable. Je suis fatiguée de devoir constamment justifier mes choix professionnels. Je veux juste une rencontre faite de légèreté, de simplicité et de complicité. Je commence à douter de cette possibilité.

La ville de Sfax est industrielle, pas très grande, plutôt facile à vivre. Je suis sidérée de constater qu'elle ne propose aucun moyen de distraction comme le cinéma ou les clubs ... juste des cafés, des salles de sport et des restaurants. Ma vie en Tunisie sera une succession de chocs. Sur le plan professionnel, je dois tout apprendre, beaucoup travailler et gérer de multiples sources de stress. J'exerce dans un bureau avec des horaires fixes ; ce rythme ne me convient pas. Je tourne en rond, enfermée, déconcentrée. Nos différences culturelles me frappent en plein cœur : la coutume, la place des femmes, la langue bien sûr. Je n'aime pas devoir me méfier en prenant un taxi, être constamment bousculée par la foule ; je n'aime pas les regards posés sur la femme blanche. Le bruit est envahissant, partout, tout le temps. Ici, tout est lent, tout est bakchich et la paie ne vient pas forcément à son heure. Les inscriptions sont rédigées exclusivement en arabe, mais la plupart des Tunisiens parlent le français. La monnaie est différente, tout comme la manière de s'habiller, les coutumes et la gastronomie. Après deux mois, je trouve mes petites habitudes. La question de la nourriture reste très inconfortable pour moi, trop riche, lourde, grasse et peu saine. Je réalise pour la première fois que mon corps est habitué à une alimentation européenne. Je n'en avais pas forcément conscience. A travers mes voyages, je me découvre petit à petit.

Pourtant je me sens bien. La Tunisie est un pays magnifique et les Tunisiens sont adorables. Au travail, mes qualités professionnelles sont rapidement reconnues et je suis valorisée. Cela me procure le plus grand bien ! Je me sais capable de relever ce type de défi interculturel tout en sachant que je vais être mise face à des défis et que les débuts seront compliqués. Je fais le choix de m'éloigner de mes repères, famille, amis et piliers de vie quotidienne. Je le fais sciemment, mais je demeure confuse parce que c'est une sorte de sacrifice de ma zone de confort pour m'épanouir professionnellement.

Le collège Simone de Beauvoir pour lequel je travaille est tout petit. Il comporte deux classes de sixième. Il a ouvert en septembre sous la direction d'une femme influente de la ville qui désire homologuer tout un collège et lycée sur le modèle français. Je réalise à quel point un pays du Maghreb tient à cœur la culture française et rejette parfois même son propre gouvernement. La population me semble ouverte à des avancées politiques et des mœurs tout en restant conservatrice par sa religion et son mode de fonctionnement en famille et au travail. Je parle avec beaucoup de Tunisiens pour comprendre leur vie. Je ne dispose que de quatre mois, alors je veux en connaître le plus possible et m'enrichir de cette différence culturelle.

Du coup, j'échange beaucoup avec « D », la secrétaire du collège, une jeune demoiselle de 23 ans et Madame « F », femme de ménage de 46 ans. En discutant avec « A », homme de 30 ans, je récolte un autre regard sur la Tunisie. Il m'explique la politique, le monde arabe. Je me déplace souvent avec lui en covoiturage tandis qu'il se rend à ses formations sportives et moi en visite de la ville.

Les premières semaines, je suis très investie au sein du collège pour mettre en place une structure stable. J'ai beaucoup de choses à faire et je ne sais pas réellement par où commencer. Je suis la première à occuper ce poste ; jusque là, pas de surveillant, pas de CPE, uniquement des professeurs qui, les pauvres, doivent tout gérer. Les élèves font vraiment ce qu'ils veulent, comme sortir de classe comme bon leur semble, manquer de respect au professeur, faire fi de la discipline au sein de l'établissement. Aucun encadrement, aucune limite. Je dois rapidement et fermement poser des règles claires et créer un lien de confiance avec les élèves.

Je passe du temps en cours pour comprendre le mode de fonctionnement des professeurs et élèves. Grâce à des animations, je réussis à les connaître et leur donner envie de m'écouter tout en plaçant une discipline stricte. Tellement de règles doivent encore être mises en place ! Cela représente trop de changement à venir, sans compter la barrière de la langue, barrière que j'utilise comme un outil d'intervention, mais qui est aussi ma faiblesse. Les enfants peuvent parler alors que je ne les comprends pas. Au début ils me testent beaucoup. Je ne me laisse pas démotiver, je trouve ce qui les intéresse.

Au fur et à mesure, je sens qu'on s'attache les uns aux autres, qu'on établit un lien et que j'obtiens le respect. Petit à petit, l'ordre se met en place au sein du collège. Je suis de moins en moins occupée à faire régner la discipline. Les enfants commencent même à se confier à moi, à comprendre qu'ils peuvent se tourner vers moi pour régler leurs conflits. C'est un vrai défilé dans mon bureau. Ils ont tous des soucis à me confier et je tente de les aider. Mais je dispose de très peu de temps avec eux pour tous les accompagner. A cet âge ils ont besoin d'être écoutés, guidés, remis en place si nécessaire. Je joue avec eux ; je leur accorde un réel intérêt.

J'aime beaucoup ce poste même s'il me demande énormément. Le plus difficile réside dans le manque de structure administrative et la présence inappropriée des parents qui s'immiscent fortement dans le système scolaire. Le milieu bourgeois de Tunisie agit directement sur le monde de l'éducation. Les parents sont des clients et l'établissement une entreprise dirigée par des investisseurs. Ils ne réalisent pas à quel point ils interfèrent dans mon approche éducative de leurs enfants. Et la direction... un bel obstacle également. Une volonté de monter une école française, mais sans les fonds nécessaires. Des fonctionnements erronés, des fautes de gestion. Le plus clair de notre temps est absorbé par la gestion des problématiques de personnel. Une situation peut devenir très rapidement compliquée par ce manque d'organisation et de gestion des équipes. Si on ajoute la notion culturelle... Parce qu'en dépit du désir de créer une école « à la française », la directrice est tunisienne et réagit comme telle. Cette richesse peut s'avérer un atout tout comme la source de nombreuses difficultés qui me passionnent et me détruisent à la fois.

Derrière toute la beauté de ce pays et de cette aventure, l'envers du décor est fait de crises incessantes. Mon moral et ma santé se dégradent. Je souffre et je suis fatiguée, irritable. Je ne contrôle pas mon propre corps et je ne sors plus. Je ne me reconnais plus. Je me demande même si je ne vais pas devoir retourner en France.

Pourtant, je suis totalement séduite par mon nouveau pays. Tunis est une capitale joyeuse, pleine de vie, agitée et bruyante ! La Médina, petite ville dans la ville, dévoile petits commerces et marchés étonnants et colorés. Je parcours Carthage et les ruines romaines, Sousse et sa mer bleue et argent, dont la seule vue me comble. Je marche dans les rues pavées de Port-El-Kantaoui, un petit paradis à la douce atmosphère. Je pleure de voir tant de beauté souvent gâchée par les déchets qui sont partout.

Comme je voyage seule, une nouveauté pour moi et un challenge que je relève parfaitement, je suis plus ouverte aux autres et j'apprécie beaucoup toutes les rencontres authentiques que cela me permet.

J'ai accepté l'invitation de « A » et « F » de les accompagner pendant deux jours dans leur famille. Nous prenons le bateau de Sfax à Kerkennah. Il est quatre heures du matin le lendemain quand je prends place dans une petite barque bleue. J'observe les garçons, impressionnée par leur savoir-faire. Nous clôturons la matinée par un barbecue sur la plage d'un minuscule îlot, un inoubliable festin de poissons tout juste pêchés. Le soir venu, accueillie dans leur famille, je découvre jardins, poules, moutons, oliviers. La vie est simple. Il y a peu d'argent et beaucoup de partage. Pain, huile et harissa sont maison ; je suis fascinée par tous ces savoirs. Je m'immerge avec bonheur.

En mai, avec le ramadan, j'interromps mes excursions pour vivre pleinement cette expérience. Je goûte des week-ends de calme et de ressourcement.

...

En Tunisie je fais la rencontre de « M », un homme en or, doux, gentil, à l'écoute, travailleur, prêt à me suivre ou m'attendre, complètement fou de moi. Il est souriant, dynamique, veut toujours me faire plaisir. Il s'intègre aisément à mon groupe d'amis. Je suis bien avec lui, mais je n'ai pas les papillons.

La vague de questions déferle. Pourquoi ? Que m'arrive-t-il ? Où est la fille épanouie sexuellement ? Où est passé mon désir ? S'agit-il d'une conséquence de mes ennuis de santé ou d'un blocage plus profond ?

Soit je rencontre des hommes qui me plaisent et me fuient, soit je rencontre des hommes bien auxquels je ne m'attache pas.

Avec cette expérience tunisienne, je constate que je suis capable de m'adapter, que je peux socialiser, mais dois garder un espace de solitude. Je dois veiller à mon alimentation et sais trouver des solutions. Je dois cependant faire attention à un investissement rapide et trop intense au travail pour éviter anxiété et souffrances. Je n'avais pas réalisé à quel point changer de vie était compliqué. Je suis forte et j'y suis arrivé.

...

Des crises douloureuses m'avaient terrassée durant l'été 2018, en France et j'avais retrouvé un certain calme à l'automne. Mais en Tunisie, les crises reprennent, s'accélèrent, s'intensifient.

Aussi, je rentre une semaine en France pour subir des examens : IRM, test sanguin, urine, selles... Rien. Je suis en pleine santé disent les médecins. Alors que je me sens mal, je vais devoir prendre une décision. Je n'envisage pas de continuer à travailler dans ces conditions et redoute de renoncer à partir au Sénégal ou en Egypte en raison de ma faiblesse. Cette idée me terrifie. Je ne peux pas concevoir de laisser ma santé diriger mes choix de vie. Rien ni personne ne peut m'empêcher d'avancer. Je me le suis promis à mon départ du Canada et je dois trouver une solution. Heureusement, les horaires aménagés du ramadan me soulagent et me permettent de me reposer. Je reprends les entrainements sportifs à la maison. Je réussis également à refaire de la danse. Le rythme, le son, je laisse mon corps s'exprimer ... une agréable sensation, un exutoire pour le stress et les angoisses. J'apprends petit à petit à vivre avec mon corps et mes douleurs. Ce n'est pas facile pour moi parce que mes soucis de santé m'ont fait prendre cinq kilos, je ne suis plus à l'aise dans mes vêtements. L'été dernier, je me sentais si bien dans ma taille 36 : belle et en accord avec moi-même. Aujourd'hui, je suis serrée dans un 38 et cela me déplaît. J'ai mal, je suis énorme, on dirait une femme enceinte. Je réalise que cela joue même sur mon désir sexuel et mon plaisir de séduction envers les hommes.

L'an passé, je me suis sous-alimentée à la suite des différents problèmes rencontrés ce qui a abimé mon estomac. Je mangeais trop de salade et buvais trop de café. Mon corps est inflammé. Si on ajoute les changements de pays qui obligent mon système à s'adapter à une alimentation nouvelle et à un mode de vie différent, il est certain que j'inflige une structure complexe à mon métabolisme. Ni au Canada, ni en France, pas longtemps en Tunisie et bientôt au Sénégal puis en Egypte. Comment stabiliser mon « moi » et apaiser mon psychisme : toujours en adaptation, en découverte et dans une vague de rapidité. Impossible de tisser des liens affectifs profonds puisque je ne reste pas longtemps. Et au fond de moi, j'ai peur de reconstruire une relation émotionnelle avec des gens puisque je suis effrayée de les perdre et d'en souffrir. Mon choix professionnel me place face à ma propre réalité. Ma carrière freine mon épanouissement affectif. Je ne l'avais pas vu sous cet angle auparavant. Difficile de l'accepter. Je veux voyager et travailler dans le domaine de l'interculturel, mais je dois en conséquence mettre une croix sur mon épanouissement personnel ce qui est un de mes piliers identitaires. Comment vais-je réussir à combiner les deux sphères ?

...

C'est avec ma cousine Solenne que je vais mettre une touche finale à ce séjour en Tunisie. Ces dix jours de vacances vont nous rapprocher et nous laisser des souvenirs fous.

Sur l'île de Kerkennah, nous chantons et dansons, défions la chaleur écrasante et reprenons notre souffle au bord de l'eau face à un coucher de soleil enchanteur sur la mer. A Sfax, nous partageons nos soirées avec chicha, café, repas traditionnel de rupture du jeûne. A Djerba, nous choisissons une maison d'hôtes splendide où nous devenons princesses. Le petit-déjeuner est succulent, la musique tendre, les gommages aux produits naturels font de notre séjour un havre de bien-être. Les peintures murales de Djerba sont absolument splendides en plein cœur de la Médina, la synagogue, les plages où la couleur de l'eau est à couper le souffle. A chacun de nos deux week-ends, nous parlons avec des locaux toujours chaleureux, gentils. Des rencontres spontanées, simples dans une confiance instantanée très agréable.

Juin voit la fin de l'année scolaire et mon prochain départ. Je quitte le collège sans regret ; j'y ai souffert de l'ambiance malsaine et des mensonges répétés. Mais quitter ce pays de soleil, me séparer de mes amis, me couper des enfants que j'ai eu tant à cœur d'accompagner est une épreuve. J'ai le cœur pincé.

Samedi 29 juin 2019, je quitte Sfax.

Et je me prépare à un nouveau défi, au Sénégal.

Après quatre mois d'une expérience riche au collège Simone de Beauvoir de Sfax, je suis sur la route du Sénégal. Je pars en voyage humanitaire dans un orphelinat de Casamance que j'ai contacté directement et qui a accepté ma requête. Je suis surexcitée de donner de mon temps à des enfants qui ont besoin d'aide et de découvrir ce pays. Je ne réalise pas vraiment que demain je serai là-bas pour vivre une nouvelle aventure.

J'ai toujours rêvé de faire de l'humanitaire en Afrique. Avec « A », nous envisageons de nous y rendre ensemble et quand je réalise que notre histoire finit, je ne veux pour autant pas mettre ce projet de côté. Au contraire, je commence de nombreuses recherches sur internet pour y travailler. Je trouve cet orphelinat et découvre l'existence de la région de la Casamance. J'écris à la direction pour savoir si je peux les rejoindre pour aider les enfants. Celle-ci accepte et nous fixons une date : juillet 2019.

Ce que me plait c'est que les fondateurs sont des Européens. Je peux donc leur poser beaucoup de questions pour affiner ma propre vision et conduire une sorte d'étude de marché concrète. Aider les enfants en Afrique tout en dessinant les pourtours de mon projet. Toute une expérience !

En descendant de l'avion, je plonge dans une atmosphère chaude et humide. Je dévore des yeux des paysages bruts. Peu de béton, pas de bitume. Les taxis bringuebalent sur les routes de terre rouge. Les maisons de briques n'offrent guère de confort. Des vêtements colorés. Des gens qui marchent pieds nus ou en tongs.

L'orphelinat est un grand bâtiment vétuste et dépourvu de porte, au milieu d'un terrain vague sablonneux planté de manguiers et traversé de cordes à linge. L'aile droite pour le dortoir des filles, l'aile gauche pour celui des garçons. Le balai est fait de feuilles de bananier liées au bout d'un bâton. Dans la cuisine au feu de bois et à l'extérieur se préparent uniquement du poisson et du riz. Un toit de tôle couvre les tables des repas. Il y a une cuillère par enfant et un grand bol pour huit personnes. On s'assoit par terre en tailleur ou sur un bout de bois. L'eau est tirée du puits - elle n'est pas potable - et la lessive faite à la main au savon de Marseille. Les Sénégalais vivent exclusivement dehors et font beaucoup de choses par eux-mêmes. Il n'y a pas de télévision. Pas de papier toilette. Les animaux divaguent : cochons, vaches, chèvres, poules. Les seuls lieux un peu développés existent uniquement parce que le village de Cap Skirring est touristique.

Je suis logée dans une petite maison offrant le strict minimum, au cœur du village. En soirée, j'écris à la terrasse d'un café. Je discute avec des Sénégalais. Je danse dans le club du village. Pour mon premier jour de congé, Michel, le Français fondateur de l'orphelinat qui vit ici depuis 20 ans, m'emmène découvrir Cap Skirring et le village de Kabrousse. Le dimanche, je vais à la messe avec les enfants. La célébration se déroule en Diola, le dialecte de la région. Je ne suis pas croyante, mais j'aime comprendre les croyances et mœurs des autres. Au Sénégal cohabitent chrétiens, animistes et musulmans. Je trouve ça passionnant et je pense beaucoup à mon amie Tiffanie parce que les animistes intègrent les énergies dans leur quotidien, tout comme elle. La veille, tout le village de Kabrousse s'est réuni pour partager un repas en l'honneur de la reine de la pluie. Un système hiérarchique, des coutumes et un mode de vie dirigés par des croyances sacrées régissent la vie quotidienne. Je découvre un état d'esprit si différent. Quelle aventure ! Quelle ouverture d'esprit !

Dès mes premiers jours, je suis confrontée à l'absence de cadre réel. Je peux visiblement faire un peu ce que je veux, mais je dois apprendre à connaître les jeunes en premier lieu, m'intégrer, définir leurs besoins pour ensuite mettre en place des initiatives. J'ai beau le savoir au fond de moi, je sens une petite frustration naissante, une culpabilité. Je ne me sens pas utile ou rentable.

Je peine à accepter que le temps fasse partie intégrante de mes projets. Je réalise aussi que je suis fatiguée. Je fais beaucoup trop de choses en même temps. En une année je quitte le Canada, je passe en France, je voyage au Guatemala, je travaille en Tunisie, je pars en humanitaire au Sénégal ! Mon esprit épuisé fait fi de mon dynamisme naturel. Mes expériences me permettent de me découvrir, mes qualités, mes défauts, mes faiblesses. Cela me déstabilise et me renforce. Je me connais moi-même petit à petit. Je ne me sens plus vide et démunie comme il y a un an. Je suis épanouie et plus heureuse. J'ai obtenu des réponses qui atténuent ma colère et ma rancune autodestructrices. Je suis différente des autres et je l'assume désormais.

Peu à peu, je m'aménage une petite place dans le village. Je fais des rencontres, essentiellement des hommes d'ailleurs. Je leur plais beaucoup, mais je pose directement mes limites. Je peux ainsi sortir, danser, vivre ma petite vie tranquille. Je me sens à l'aise. Je me change les idées et j'adore rencontrer du monde. Je suis allée à Ziguinchor avec « Z », sur l'île des crocodiles, je visite Cap Skirring. J'aime danser au Cassoumay et au Raggay Party du vendredi soir. Je me détends seule à la plage et je parle beaucoup avec les Sénégalais pour comprendre leur fonctionnement. Je vois vraiment cette expérience comme un moyen d'observation de la population. J'identifie beaucoup de comportements africains que je ne comprenais pas au cœur de mes relations amoureuses. Ici, tout prend sens. Peut-être que je les ai intégrés avec le temps ou que, coupée de mes racines européennes, je réussis à plus facilement m'habituer. J'aime beaucoup cette expérience. Je découvre énormément sur les réactions sociales. Je vais ressortir plus riche après ce mois-ci, j'en suis certaine !

Une nouvelle volontaire française arrive pour cohabiter avec moi pour le reste de mon séjour. Elle a 47 ans, maman séparée qui comme moi aime les hommes africains et la culture de ce continent. Elle a vécu en couple avec un Sénégalais en France, une expérience qui a visiblement été difficile. « M » est cool et, ravie de cette compagnie féminine, je sens que nous allons bien nous entendre. Nous parlons beaucoup du Sénégal, des voyages, de nos vies respectives. Elle est surprise par ma capacité d'intégration. Elle a peur de voyager seule ce que je fais, moi, sans plus y réfléchir. Je suis donc plus forte et plus courageuse. Je le réalise ! Nous avons une discussion sur les hommes. Mon caractère de leader comme ma nature souriante et déterminée plaisent beaucoup, mais désormais, je sais poser mes limites! J'espère qu'avec mon futur amant je saurai utiliser toutes mes nouvelles ressources. La vie est bien faite, encore une belle rencontre. Je suis chanceuse de faire des voyages et de rencontrer de nouvelles personnes. Moi qui avais eu si peur de quitter le Canada ; de cette période de vie si difficile, je ressors finalement plus forte et épanouie ! Je suis heureuse. Il reste une zone d'ombre dans ma vie, celle de mes choix futurs. J'aurai besoin d'encore beaucoup de temps, mais je sens que je suis sur la bonne voie. Je conduis une introspection approfondie, je retrouve une paix intérieure.

Au Sénégal, j'ai beaucoup observé les comportements humains et sociaux, les relations homme-femme, le modèle familial, la notion de travail, celle de l'argent, la question de l'identité et la gestion des émotions. En résumé, j'ai passé un mois à observer, analyser, comprendre toute cette richesse. Je revois le visage de chaque enfant et son sourire. Tous si différents et chacun a quelque chose à partager. Chaque personnalité est unique à mes yeux. En passant beaucoup de temps avec eux, j'ai pu proposer des activités qui les aident ou leur correspondent. Le but est de les accompagner dans leur quotidien, leur montrer toute l'importance qu'ils ont aux yeux de l'adulte, les pousser à grandir et bien se structurer, développer le sens critique, la curiosité, le respect, la confiance.

Je voue une admiration sans bornes pour les « tatas »… ces femmes si fortes. Elles sont mamans et travaillent à l'orphelinat et en plus de tout cela elles gèrent le quotidien de leur famille. On parle de leur labeur, très physique : lessive à la main, cuisine au feu de bois, récupération de l'eau de pluie pour le linge et les besoins familiaux. Elles vont aussi dans la brousse ramasser les fruits et couper le bois. Physiquement, ces femmes sont capables de tout endurer. La notion de plainte n'existe pas. Elles doivent le faire, c'est leur rôle préétabli par la société en Afrique. Je suis admiratrice de leur force de caractère.

Cette notion de devoir, dénuée de tout questionnement, m'impressionne et surtout m'interroge. Je suis une femme indépendante influencée par mon modèle culturel européen et ses influences nord-américaines, dans lesquels la femme demeure dans un complexe. Elle souhaite travailler, être une bonne épouse, une bonne mère et une bonne maîtresse de maison, tout en attendant de son époux soutien, aide et participation réelle et concrète. En cas de manquement, les femmes se sentent délaissées et se plaignent. Je ne sais pas quelle est mon opinion à ce sujet, mais je constate que depuis l'entrée des femmes dans le monde du travail, les équilibres sont bousculés et les rôles prédéfinis perturbés. On en ressent les conséquences dans les relations sociales et les relations de couple. Un couple sur trois divorce. Je me demande si parfois les changements, les évolutions ou progrès dans une société ne créent pas un bouleversement de ce qui est établi et fonctionne depuis des années.

Je discute de ces questions avec « M ». Si un Français arrive en Afrique ou sur tout autre continent de culture différente, sa bonne foi initiale d'apporter de l'aide à cette population est-elle réellement une bonne chose ? Faut-il mettre en place un changement et bouleverser un équilibre ? Les enfants de l'orphelinat par exemple, ne parlent pas de leurs émotions. Ils ne se victimisent pas. Ils vivent dans un mode éducatif violent et cela ne les atteint pas comme un jeune Français pourrait l'être. Les adolescents me disent que les Sénégalais travaillent moins bien à l'école depuis l'arrivée « des blancs » ! Je me suis interrogée sur le fondement de cette affirmation parce que je prône la douceur et l'amour dans les relations entre les adultes et les enfants. Selon eux, si on ne les frappe pas à l'école, ils ne se bousculeront pas pour étudier. Les Européens désirent aider en défendant les droits de l'homme tels que l'éducation sans violence et finalement le résultat obtenu n'est pas celui escompté.

Mon expérience au Sénégal illustre beaucoup de situations de couple que j'ai vécues. Les hommes africains sont moins démonstratifs en public, font moins de câlins et disent moins de mots doux. Ce n'est pas contre moi ou par absence d'émotion comme je l'ai longtemps pensé, mais c'est une question culturelle. Ce peuple n'est pas démonstratif en public et ne témoigne pas de son amour de la même manière que les Européens. Je me souviens avoir été profondément blessée par « JF » lorsqu'il ne me donnait pas la main dans la rue, par « V » qui agissait en ami avec moi devant les autres, par « C » qui n'assumait pas son amour pour moi. Finalement, il n'y avait rien contre moi directement, mais l'expression de leur culture africaine. Le plus déconcertant est que cela se produise en France où les autres hommes ne fonctionnent pas ainsi. J'avoue avoir été moins choquée au Sénégal et en Tunisie.

Depuis plus d'un an maintenant, je travaille en établissement international en Afrique. J'enseigne le Français et suis coordinatrice de vie scolaire. Ainsi, je me teste sur mes capacités d'adaptation et sur les mœurs et valeurs des pays que je découvre. J'observe les modes de fonctionnement distincts des nôtres. L'enseignement du Français est un outil éducatif pour les élèves de ces pays pour qui la scolarité, l'alphabétisation, l'éducation sont des richesses réservées aux privilégiés.

Enseigner le Français à des collégiens et les encadrer en tant que coordinatrice de vie scolaire m'a permis de mettre en place mon savoir sur l'intervention sociale et éducative auprès des jeunes. Cette mesure préventive tend à leur apporter une éducation et à développer leurs habiletés sociales et émotionnelles. A ces postes, je m'estime chanceuse d'avoir moi aussi acquis un savoir concernant les relations interculturelles. Cet apprentissage m'a doté d'une force de caractère, d'une grande ouverture d'esprit, d'une capacité accrue d'adaptation environnementale et professionnelle.

L'intervention sociale et interculturelle auprès des jeunes demeure au cœur de mes objectifs professionnels à tel point que je passe mes étés en tant que volontaire en Afrique dans des orphelinats.

L'intervention sociale interculturelle auprès des jeunes recouvre une approche complexe dont on parle trop peu en cours. Je crois que toute démarche qui tend à aider et encadrer des personnes en difficulté doit impérativement s'appuyer sur des liens qui auront été tissés avec elles. Une intervention efficace auprès des jeunes de quartier suppose une immersion préalable dans leur monde. Je dois comprendre leur culture, leur mode de vie, intégrer la notion de quartier, comprendre leur réalité pour réussir à instaurer la confiance. J'ai donc consacré beaucoup de temps à l'observation en immersion.

Bousculée et stimulée à la fois, cette période d'adaptation m'a fait grandir.

Les jeunes en difficulté cela veut dire quoi exactement ?

Il peut s'agir des enfants qui vivent dans la précarité financière ou affective ou bien des jeunes dont la famille est violente, voire judiciarisée. Certains sont orphelins ou maltraités, d'autres présentent des troubles du comportement, hyperactivité, autisme, ou encore sont en échec scolaire. Le caractère d'immigration ressort aussi parfois. En d'autres termes, les jeunes qualifiés en difficulté sont d'univers extrêmement variés et demandent un regard individualisé pour garantir une intervention efficiente.

Très rapidement, je prends conscience que je veux travailler avec les jeunes de 0 à 18 ans, et non pas dans le monde des adultes. Je ne me sens pas capable de venir en aide aux personnes majeures. Je crois que mon instinct maternel prédominant dans ma personnalité s'avère un atout décisif pour mon travail auprès de la jeunesse.

...

Je suis à l'aéroport de Dakar, de retour vers la France. L'expérience sénégalaise prend fin et je me sens toute bizarre. Un mois fort en émotions positives, mais aussi plein de solitude et de questionnements. Je me suis intégrée et sentie si bien au cœur du village, entourée des enfants. Je dois encore une fois dire au revoir.

Les enfants du cocon me manquent déjà. Je suis affligée de m'éloigner de ces petits avec lesquels j'ai vécu. Je me pose beaucoup de questions sur mon avenir. Vais-je continuer ainsi, à enchaîner les Attachements-Déchirements ?

A l'ombre des papyrus

Me voilà en Egypte, dans la ville du Caire. Je profite de chaque moment de liberté pour aller découvrir mon nouveau monde. Je m'acclimate, prends le pouls de cette capitale gigantesque. Soyons honnêtes, en premier lieu, cette rencontre est un véritable choc culturel. Bien que l'expérience tunisienne et celle du Sénégal m'aient aidée pour cette installation, je vis désormais dans un pays entièrement musulman et très conservateur. Les femmes sont toutes très couvertes, peu nombreuses dans la rue, les hommes sont très présents et plus rudes. Sans oublier la langue. Tout mon quotidien se vit en arabe, les menus des restaurants, l'épicerie, les taxis … Je réussis à trouver des personnes qui parlent anglais, mais cela me demande efforts et concentration.

Je suis embauchée dans un établissement scolaire catholique, l'unique endroit où je pourrai parler français ! Je vais devoir prendre des cours d'arabe pour mieux m'intégrer et faciliter mon adaptation, car je reste ici pour toute l'année scolaire. Je dois tout faire pour m'intégrer à cette nouvelle population, ce mode de vie, les mœurs, les comportements, le climat très chaud qui n'empêche aucunement de devoir porter des vêtements couvrants. J'oublie le short et les débardeurs qui laissent apparaitre ma peau. Apprendre une nouvelle langue est un défi, je vais réveiller mon cerveau et aussi enjoliver mon CV. On ne sait pas ce que la vie me réserve. Mes voyages, mes expériences professionnelles à l'étranger doivent devenir des atouts dans la construction de mon avenir.

Le Caire est une ville de contrastes, beaux quartiers et quartiers pauvres, mosquées et églises, des hommes gentils et bienveillants et d'autres rudes et virulents, des restaurants traditionnels et des enseignes de luxe. Le Caire vit 24 heures sur 24 et 7 jours sur 7, ce qui m'enlève tout le stress du quotidien, car il est toujours l'heure de faire les courses, d'aller au sport, de prendre un taxi … Cette vieille dame orientale abrite 22 millions d'habitants en de nombreux quartiers dont chacun porte une identité unique. Le quartier de « Daher » où j'habite est un petit bled : cafés et chichas pour hommes, échoppes de fruits et petites épiceries de produits locaux. Je vis dans une chambre au sein du collège où je travaille, petite, mais parfaite pour me donner le temps de m'adapter. La « Corniche » est bondée, emplie des concerts permanents de klaxons, brouillonne comme sa circulation anarchique. Ses boutiques en bordure du Nil autorisent la promenade. « Zamalek », le quartier des ambassades, offre son calme – relatif – et ses petits cafés, ses restaurants, son centre de bien-être et son centre cultuel. Les expatriés prisent le quartier « Maadi » pour sa splendeur et ses bulles de verdure ; malheureusement il est très éloigné de mon travail.

Je visite de magnifiques mosquées, des citadelles et des remparts. Et surtout, dès mon arrivée je me rends à différents événements de danse latine. Je suis ravie ! Chaque soir de la semaine propose un événement Kizomba et Bachata. La communauté des danseurs m'accueille à bras ouverts.

Je prends conscience que depuis ma rupture avec « V », je me sens mieux et libérée, plus heureuse, plus épanouie, la boule qui logeait dans mon ventre disparaît petit à petit : je n'ai plus peur de la vie ! Je sens qu'au fond de moi je me reconstruis. Je vais accomplir de belles choses et me donner les moyens pour accomplir mes projets. J'en ai la force. Je rêve tellement d'ouvrir mon centre pour les jeunes en difficulté et d'écrire mon premier roman.

Mon enthousiasme est malmené par une expérience d'une grande violence. Un élève de troisième vient me voir pour me dire qu'il écrit un roman dont je suis le personnage principal. Il veut me le faire lire. Je suis et flattée et curieuse ! Le roman raconte l'histoire d'un élève de troisième amoureux de sa nouvelle professeure de français, au point de tuer tout homme qui se met sur sa route. Sa description de moi est si réaliste qu'elle me met mal à l'aise. Il m'a observée, a détaillé mes gestes, mes réactions, senti mon parfum, il sait tout de moi. Il est capable de parler de toutes mes interventions, de mes agissements, il a épié mon compte Facebook et en a analysé les informations. Il a noté ce que je bois, où je vis, quelles sont mes expériences professionnelles, mes relations avec les autres professeurs du collège. Il a posté une photo d'une demoiselle qui me ressemble pour représenter la femme de son roman auprès des lecteurs du site sur lequel il publie quotidiennement ses textes. Il n'a que 15 ans. J'ai l'impression de lire les mots d'un homme adulte fasciné, irrésistiblement attiré par la femme que je suis. Je n'ose plus le regarder dans les yeux, je dois lui dire que son roman est talentueux, mais trop intrusif. Que je suis sa professeure et qu'il y a une limite entre lui et moi. Je me sens complètement paralysée. Je revis des angoisses et d'énormes questionnements. Je suis submergée de tristesse. J'ai envie de pleurer, de fermer mon téléphone, de m'enfermer dans ma chambre et rester face à moi-même. Je suis perdue, dévastée. Je ne comprends pas ce qui se passe entre moi et les hommes ces derniers mois. Tiffanie m'avait parlé de l'hypersensualité sexuelle que je dégage, mais là j'en ai peur. Je suis célibataire depuis longtemps, mais je dégage quelque chose envers la gent masculine sans même en avoir conscience. C'est effrayant. Et en Egypte, pays où l'homme prédomine, je suis entourée uniquement par la gent masculine, ça ne peut pas s'arrêter. Est-ce que la vie m'envoie un message ? Me teste ? Que suis-je allée vivre dans des pays où l'homme s'impose à moi ? Je dois me centrer et réussir à me créer sans être affectée par eux. Un grand défi que je suis prête à relever !

- Bonjour Madame Hélène. Vous avez quel âge ? Et vous êtes mariée ?
- J'ai 32 ans et je suis célibataire.
- Ah bon ? Mais pourquoi ?

- Le professeur de sport vous parle chaque jour. Il doit être amoureux de vous !
- Mais non, tu sais on peut parler à un homme et ne pas être plus qu'un ami.

- Je peux payer l'addition, s'il te plait, Ahmed ?
- Non Hélène, c'est une honte pour un homme de laisser une femme payer la note !

- Madame Hélène ? Vous fumez ! Mais, ce n'est pas bon pour votre santé !
- Je suis d'accord. Pourquoi ne faites-vous pas cette réflexion aux professeurs hommes ?
- Bah, c'est différent madame ...

- Je vous accepte dans ce logement, mademoiselle, mais vous ne devez pas recevoir d'homme !
- Monsieur, vous ne vérifiez pas si j'ai un emploi, mais vous vous souciez de ma vie privée en tant que propriétaire. C'est plutôt déplacé, je trouve !

Mais ce n'est pas si simple. En Afrique, la femme parle peu. Elle est discrète et ne sort pas du cadre. L'homme quant à lui instaure le contact de manière forte, très rapidement.

Mon comportement extraverti, mes sourires, mon énergie attirent leurs regards et me rendent encore plus attrayante à leurs yeux. Ils interprètent tout de suite et s'imaginent que je suis accessible du simple fait que je leur parle et ose les côtoyer, même seul à seul. L'amitié fille-garçon n'a pas de sens ici. S'agit-il d'un problème culturel ou d'une erreur de ma part ?

Je crois que la vie me pousse dans mes propres retranchements pour affronter ma plus grande blessure : mon agression. Je pensais avoir avancé, mais je comprends qu'il me reste du travail à faire pour me sortir de cette emprise. Ma colocataire ne me quittera jamais. Elle s'agite dans mon corps et dans mon cœur, réveille mes angoisses. La place de la femme, le regard de l'homme sur elle, avoir les gestes appropriés, surveiller ses attitudes, veiller à ne pas choquer, s'empêcher d'être naturellement soi. Etre tout le temps sollicitée sans commettre d'erreur de comportement, sans risquer de déclencher une agression.

Au Canada, j'ai commencé mon processus de reconstruction en changeant ma vision du monde. J'ai posé des mots sur mes angoisses, brisé le silence face à mes proches et surtout à moi-même. Mes voyages constituent de nouvelles étapes sur le chemin de ma guérison. Mes retrouvailles avec mon père puis avec mes sœurs m'emmènent un peu plus loin. J'expérimente de poser mes limites et je m'inscris dans le monde professionnel.

Désormais il est temps de me confronter à la gent masculine. Ce n'est pas un hasard si je me retrouve en Egypte dans un collège exclusivement de garçons. La vie m'envoie un message. Face au mur, je dois agir et me sortir du gouffre. Tiffanie m'a parlé d'une période difficile, je crois que je suis en plein dedans. Je suis face au miroir et je dois me regarder droit dans les yeux. L'abandon et la relation personnelle avec l'homme sont au cœur de mes réflexions. La période de difficulté dans un nouveau pays fait son apparition. Je fatigue face aux épreuves de la vie égyptienne. C'est très blessant ; je perds beaucoup d'énergie, mon ventre est en crise. Il faut que je vise un équilibre et crée une routine rapidement. Ecrire va m'aider à me soulager ; c'est un travail libérateur.

...

La culture égyptienne va à l'encontre de la femme indépendante que je suis. Être une femme étrangère dans ce pays demeure un véritable défi. Par exemple, quand je cherche un logement cela pose problème. Le concubinage étant prohibé, accepter une femme seule, toute étrangère qu'elle soit, est un souci pour le propriétaire. Je pourrais amener des hommes chez moi ou être dans un réseau de prostitution. Sans oublier que le fait d'être Européenne sous-entend que je suis riche ! Les prix augmentent donc juste pour moi. Je suis outrée ! Lors de ma visite des pyramides, on m'a demandé 1600 Livres au lieu de 200 pour un local. Si je ne suis pas accompagnée par un Egyptien, je suis réduite à subir le poids de mon statut de femme européenne alors que je vis dans ce pays, que je ne suis pas une touriste. Je dépends d'un homme pour être plus tranquille... Je me sens frustrée et privée de toute liberté. Et cette notion de ne jamais faire confiance à un Egyptien. Ils le disent eux-mêmes, c'est déconcertant. Ce peuple se décrit comme profiteur et menteur. L'argent aussi est prédominant dans cette culture où tout se marchande et se paye. Au travail, parce que je suis Française, on attend de moi d'offrir une meilleure éducation aux jeunes, et je suis plus jolie et différente des autres femmes. Je me sens parfois utilisée, bafouée, insultée, observée, jugée.

Heureusement, je me régale au cours de danse, passionnant. Je m'y sens tellement bien. Je laisse mon corps s'exprimer sans réfléchir et suivre le tempo, c'est si agréable de sentir cet épanouissement au plus profond de moi. Mon sourire est plus grand et traduit une sensation si forte. J'aime fermer les yeux, me laisser guider. Lorsque la connexion avec le partenaire est bonne, la danse et les ressentis sont puissants. Mon corps se place tout seul, je ne comprends pas ce phénomène. J'aimerais tellement devenir une bonne danseuse. Être capable de faire tout ce dont j'ai envie de mon corps, lâcher-prise complètement, m'assumer totalement en tant que femme. Depuis mes premiers pas en octobre dernier, je vois déjà l'évolution, je suis moins gênée. J'atteins mes premières performances et je désire continuer cette ascension.

Me voilà à Stella del Marre, au bord de la mer Rouge, dans un hôtel 4 étoiles. Un vrai coin de paradis. Je suis au bord de la piscine, au soleil, en plein mois d'octobre. J'avais besoin de me détendre, de couper avec ma vie au Caire. Ce mois d'octobre a été très fort en émotion pour moi, très compliqué à gérer. Je me suis sentie envahie dans mon espace vital, ma liberté, j'ai connu beaucoup de frustration. Une étrange sensation. J'ai déménagé à Maadi, ce qui va déjà être un début pour mon bien-être. Enfin mon appartement à moi, entourée de cafés, restaurants, magasins, salle de sport. Un grand espace de vie et d'intimité rien que pour moi. Je vais pouvoir cuisiner, danser dans mon salon, écouter de la musique sur la terrasse au soleil. Je ne suis plus enfermée dans ma petite chambre au cœur d'un quartier où je n'ai pas ma place.

J'avais rencontré deux garçons dès le début de mon installation au collège. Adorables et prévenants, ils m'aident et m'accompagnent partout, tant et si bien que je ne peux pas faire les choses de mon côté sans être culpabilisée. Ils m'oppressent et le font de manière si gentille que je ne m'en rends pas compte immédiatement et peine à sortir de cette cage dorée. « Ma » notamment agit de manière ultra-protectrice et envahissante. Il m'appelle et m'écrit sans cesse. Si je ne réponds pas, c'est un drame qui provoque chez moi une grosse vague de stress. Directement il pense que je ne suis pas une vraie amie et se lance dans des reproches dignes d'un mari pervers narcissique. Je comprends que je dois fuir, et vite. Je ne peux plus vivre entourée de personnes trop prenantes et étouffantes autour de moi. Je me sens directement envahie et très mal. En coupant les ponts avec les deux garçons, je retrouve mon indépendance, mon autonomie, ma liberté !

J'ai passé ma journée à faire le ménage, tout installer. Dans mon nouveau quartier, je fais la connaissance de « F », ma petite maman d'Egypte, qui me prend sous son aile et me guide dans les mystères de la culture égyptienne. Grâce à elle, je comprends les réactions des uns, je veille à être respectueuse avec les autres, j'apprends. Maintenant, je dispose d'une semaine au bord de la mer rouge pour me détendre. Être en maillot de bain au bord de la piscine ou de la plage, sans réfléchir à ce que je porte ou à ce que je dis. Je suis en séjour avec un groupe de Français, je peux donc parler ma langue. Une pause avec l'anglais et l'arabe. J'adore cette immersion culturelle, mais cela demande beaucoup d'adaptation et de concentration. C'est épuisant. Pour l'apprécier à nouveau, je dois reprendre des forces. J'apprends au cours de mes expériences à faire des pauses entre mes voyages. Je pense être atteinte d'une fatigue émotionnelle occasionnée par mon rythme effréné. Mes défis personnels et professionnels sont grands et m'usent petit à petit.

La semaine dernière j'étais tellement épuisée que je me suis demandé si je ne devais pas retourner en France, si je n'avais pas fait le mauvais choix. Je m'interroge sur ma capacité à relever ce nouveau défi. Non, je n'abandonnerai pas, je suis plus forte que cette pression. Je suis capable. Je fais mes choix et je les assume. Avec le temps, je serai à l'aise et riche en expériences. Mais je dois réussir à écouter mon corps pour y parvenir.

Ce matin, je me suis levée à 5h30 pour regarder le lever du soleil sur la mer rouge. Le calme, la fraîcheur, les couleurs extraordinaires habillent le ciel. La simplicité de la nature, la beauté de ce spectacle me procurent une sensation agréable. Je suis si fière de moi. Je suis en Egypte, proche du canal de Suez, au bord de la mer Rouge, assise là, à contempler le soleil avec ma musique dans les oreilles. Je suis seule et me sens si bien. Je fais de nouvelles choses et cette petite excursion est organisée en dernière minute ce qui n'est pas du tout dans mes habitudes. J'apprends à me laisser guider et je crois que j'apprécie ce feeling. J'ai passé trente ans, je n'ai plus la boule au ventre, la peur qui me dirige. J'affronte mes angoisses. Je suis libre et épanouie. Quel chemin je viens de parcourir !

Je rentre reposée et apaisée. La rencontre avec les Français expatriés me soulage. En temps normal, je favorise les rencontres avec les locaux pour apprendre sur la culture du pays d'accueil, mais désormais j'apprécie d'être entourée aussi de personnes qui me comprennent parce que nous vivons sous les mêmes codes sociaux. Une petite touche de simplicité et de stabilité au cœur d'un univers si différent. Je réalise ainsi que mes ressentis en tant que femme au Caire sont justes et vécus également par les autres femmes françaises. Quelque part je me sens rassurée et je me juge un peu moins. J'accepte le caractère normal de cette situation et ne me blâme pas de ne pas réussir à m'adapter rapidement comme je le fais souvent et surtout comme je m'attends à le faire. La discussion avec les autres me permet d'ouvrir les yeux et de relativiser. Je dois être moins dure face à moi-même.

Un cahier tout neuf

Alors que je suis revenue au Caire, le printemps 2020 sonne l'alerte. Ma famille me presse de rentrer au plus vite. Le coronavirus devient omniprésent. Les frontières vont fermer. Je risque d'être bloquée en Egypte où le système de soins n'est pas assez performant pour ma sécurité. Je résiste. Je ne veux pas rentrer. Il n'y a pas tant de cas, ici ! Mais je cède à la peur qui finit par m'oppresser. Je ferme la porte de mon appartement du Caire. Je monte dans le dernier avion. Il n'y a personne dans les rues de Paris. Je rentre chez maman. Confinée. Enfermée. Choquée. Frustrée de quitter l'Afrique.

Je me recentre sur moi.

Durant le semaines de confinement en France, je suis plongée dans une sorte d'hyperactivité. Je continue mon contrat de professeur de français avec mon école du

Caire, à distance. Je passe de nombreuses heures à me renseigner sur les raisons de mes douleurs physiques. Je me lance dans l'idée de publier ce récit. Je me plonge dans mes projets photographiques. J'instaure un rythme sportif intensif.

Depuis plus d'un an maintenant, je suis dans une condition physique faible. La douleur au niveau de mon ventre est insupportable, manger est compliqué, mon système nerveux est atteint. Je dois comprendre ce qui se passe et y mettre fin. Mes nombreuses lectures et recherches m'amènent à prendre conscience de l'impact de mes difficultés passées sur mon corps. Les diverses attaques psychiques telles que le divorce de mes parents, ma rupture, mon agression, mes complications en termes d'immigration au Canada, les situations complexes vécues en Afrique en tant que femme, l'accumulation de mes échecs amoureux ont affaibli mon système immunitaire. Les douleurs à l'estomac, ventre, ovaires révèlent des troubles identitaires si on se base sur les théories énergétiques dont je me sens de plus en plus proche. Mon médecin parle de création d'acide oxydatif, de trouble hormonal, de faiblesse identitaire. Je suis face à mon nouveau défi, me refaire une santé psychologique en vue d'améliorer ma condition physique.

Durant six mois, je suis une thérapie. Je me rends à des séances d'hypnose, je reçois des soins énergétiques. Je consacre beaucoup de temps à la lecture, à la détente et à mes projets artistiques tels que la photographie et l'écriture. Je profite également de nombreux moments partagés avec mes amis et ma famille si éloignés de moi pendant tant d'années. Au fil du temps, je redécouvre le fait de pouvoir lâcher prise et savourer les bons moments loin du stress. Durant l'été, je me concocte un petit road trip, un tour de France pour visiter mes amis et voir mon pays avec mon regard de touriste, un moment si agréable. Pour une fois je ne voyage pas à l'étranger loin de mes proches, mais au cœur de mon pays natal avec les personnes qui me sont chères.

J'apprécie infiniment les sensations fortes ressenties en prenant mes photos et en prenant le temps de réfléchir à ce projet de récit. Ma créativité s'installe petit à petit et j'y prends goût !

...

Voyant que ma santé n'est pas encore au beau fixe et que le coronavirus ne me permet pas de repartir travailler en Afrique, je décide de chercher un emploi en France. Ce n'est pas une période des plus agréables parce que je dois faire face à la réalité de l'administration française ! La grande frustration sera d'être française diplômée, mais non reconnue dans mon propre pays. Je ne rentre pas dans les cases, comme on dit ! Avec le soutien de mes amis et de ma famille, je ne me laisse pas abattre. Après plusieurs mois de recherches, je réussis à obtenir une poste d'intervenante socio-éducative au sein d'un foyer de la protection de l'enfance.

Tout doucement, je rentre dans le système. Je découvre un métier passionnant, je finis par faire ma place au sein de l'équipe et à prendre confiance en moi. Petit à petit mon syndrome de l'imposteur disparaît, je me sens plus sûre de moi et bien évidemment ma santé s'améliore beaucoup ! Comme on dit, l'esprit et le corps sont connectés.

J'ai vécu quelques mois seule, dans un appartement prêté par un ami, ce qui m'a offert la possibilité de m'épanouir en tant que femme et de me confronter, en France, à la solitude. Passer de nombreuses journées, de nombreuses soirées avec moi-même pour unique compagnie, c'est confrontant, mais j'en ai besoin pour réfléchir et avancer. Puis le nouveau confinement fait son apparition, je repars vivre auprès de maman. Cette fois-ci je découvre à nouveau le fait d'être sous l'aile maternelle, ce dont j'avais peut-être secrètement besoin. Cette douce sensation d'apaisement prend place, mon stress diminue, la résilience prend sa place.

Au mois de janvier, on me propose de signer un CDI au sein du foyer où je travaille depuis maintenant six mois et dans lequel je me sens à ma place. A ce moment précis, face à cette chance offerte, je ne saute pas de joie.

Mon cœur sait que je ne dois pas accepter ce poste, que l'Afrique m'appelle toujours et que c'est le moment de repartir ! Mon corps et ma tête sont prêts désormais. Cette année en France m'a permis de me retrouver, de m'apaiser et de me réconforter.

...

Je me sens telle une feuille de papier froissée que je m'applique à lisser du plat de la main. Je sais que je n'effacerai jamais toutes ces pliures, les marques des blessures ; elles sont là, mais peu à peu se font plus discrètes. Je la lisse et lisse encore, forte de la certitude vissée au corps et au cœur que je peux désormais y écrire le reste de ma vie, les aventures qui m'attendent, les épreuves, les failles et les longs fleuves, comme dans un cahier tout neuf.

J'ai hâte !